春風最隨
美人意

王帅 —— 著

GUANGXI NORMAL UNIVERSITY PRESS

广西师范大学出版社

·桂林·

春风最随美人意

薛龙春 |

有一天，王帅一本正经地跟我说，他要写一本读画的书，读他收藏的近现代书画与手稿。

我说好，赶紧写，不写浪费了。

第二天，他就发来了一篇，接着又是一篇，速度快到我来不及看。这些文章所谈论的，既有一些书画家，像吴昌硕、陈师曾、溥儒、潘天寿、林风眠、周昌谷，也有一些作家和诗人，如朱自清、孙犁、陈梦家、流沙河、周梦蝶。这些稿子很快作为专题在《澎湃·艺术评论》发表，据说稿酬不菲。

读画的说法，大概始于周亮工，他有本《读画录》，是将画当着书来读的。他的读法，不是看了一张画。如同一张画，画是周亮工对时代、历史发言的媒介，在明末清初的社会环境下，这个读法或有更深的寄寓。

王帅对画的认知，颇像庄周说的目击而道存，而不是一笔一墨的考索分析。当然他很会考证，峭然女史因为他一顿翻书，再也做不成蒲华的妹妹了。不过对于书画作美学上的评价，他常常只有一两句话，甚至一两个字。简洁、准确、清晰，不含糊其辞，也不模棱两可。

他更在乎的，是画外的旨趣，是画所能引发的深思。因此毫无征兆地，他常常会由画迅速宕开一笔，比如从黄宾虹跳到辩证法，从潘天寿的猫跳到阿里的天猫。野马跑得溜溜，令人意外，也令人惊喜。

他原先是读文学的，近现代文学读得尤熟。为了写这组文章，他将那些新旧诗词、散文、日记又翻出来看，顺手做了很多笔记。这些笔记，有一些他照录在文章里，我想他不是偷懒，而是觉得自己说再多也没有拈出这些文字更有力量。他在读画的同时，也为我们读了很多书。所以这本书虽然不大，但我们看到的都是精华，无论他说的，还是他录的。

王帅的气质天生有些矛盾。大部分时候，他极其骄傲，眼睛是只看天花板的；但有时又谦卑得像个孩子，眼睛清澈见底，犹如在乡的孔子，恂恂如也。我见过他一张少年时的照片，眼神既有些怯生生，也显得满不在乎。这个眼神至今没变。

他的读画，大抵也是两种情绪的交替。有时特别欢快、温情，尤其是谈到画和他的关系，和他孩子的关系，和他孩子妈妈的关系；有时又特别感伤，在写到朱自清、陈梦家、吴湖帆、王世襄和他们的妻子时，王帅几乎将自己代入到画中，代入到写字、作画的人身上，然后通过很小的细节，将苦难、荒唐撕开来给我们看：你看你看，它的底色有多美好！！！情深而文明，我想大率如斯。

我们已经习惯于将画当作美的东西来对待，我们总是纠缠于好，或者不好。但王帅说，这不够。他提醒读者，只有"自己"深入到与画相关的各种细节之中，画的美才有意义。你面对的世界，会因此变得开阔，变得气象万千。

王帅读画的方法不可复制。在《那些画，那些人》一文的最后，他对两个女儿说："每个人都拥有独一无二的美，有独一无二的逻辑，独一无二的判断。"对自己孩子说的话，不会是虚泛之词。现在我代大家抄录在这里，就像他抄录朱自清、孙犁的那些隽语一样。

写在前面

2024 年春节刚过，我就在想，要抽时间把自己近现代的收藏做一个整理。

整理分两部分，一部分是这些画的艺术特征、社会状况等画作自身的基本信息；一部分是这些画和我之间的关系。

我的老师周永良先生负责第一部分，我负责第二部分。其实还有一部分就是薛龙春老师负责看我们写的这些文章，近现代对他不太过瘾，但他吃过我送的德州扒鸡。说干就干，我当天就把序言写完了。我这人做事虎头蛇尾，往往烂尾，倒逼改革，就是从我这里开始的。

一时间好玩极了。我在楼上写一本不正经的文章，周老师在楼下写一本正经的文章，薛老师则在附近一边掘地三尺写一万多米深度的学术专著，一边随便指点一下我的破文章。我的邻居、著名评论家洪治纲先生负责在文章后面写评语，真有热气腾腾的气象。

后来，顾兄村言说"你干脆在澎湃开个专栏连载吧"，于是一发不可收拾。我的朋友跟我说："你的微信没法看了，全是文章……"因为我还在和邱兵搞"天使望故乡"，尝试还给严肃写作一点尊严。这两个月写伤了。

我想自己真是满手面粉，用金盆洗也洗不干净了。

索性收手，最后这一篇文章就是当时的那篇序言。

目　录

读 画

看 花

怀人

画外音

读画

那些画，那些人

2013 年 3 月 20 日，我的双胞胎女儿出生。两人的体重达到了 11 斤。

我对女儿的降临充满惊喜，也对她们妈妈的付出充满愧疚。当时我爱人已是高龄产妇，为了让孩子出生后更健康，她坚持到足月，睡觉只能倚着床，坐着睡。接生的医生欧阳妈妈说："你真是不要命了啊！"

我希望我的女儿日后能永远记住这件事情。当时妈妈是希望你们在她的身体里尽量多待几天，吸收更多的生命能量，而爸爸则是希望你们早点出生，我看妈妈的能量快被你们耗尽了。

你们的到来改变了我们家的生活。爸爸是一个敏感而倔强的人，外表谦和，内心却充满各种反叛和骄傲。但我很清楚自己的改变。这些改变跟你们俩有关，跟妈妈有关。爸爸有一首诗，其中两句是这样的："月移花影香满室，此生只对她低头。"这里的她，就是你们仨。

你们出生后，爸爸开始留意这个世界上一切跟你们有关的美好的事情。就在不久前，爸爸还请白谦慎先生写了"春风最随美人意，为她开

【作者女儿】

【作者女儿在墙壁上的涂鸦】

了百种花"的字给你们。爸爸喜欢买周昌谷先生、程十发先生画的小女孩画作，爸爸看到小女孩，看到美好的事情都会联想到你们身上。

这也是爸爸收藏的开始。从美好的事情跟你们的关联，慢慢延伸到美好的事情跟自己的关联，那些创造美好的作品的人和我的关联。到今天，爸爸做收藏已经十年了。爸爸想把自己收藏的近现代部分的作品，做一个阶段性的总结。美好的你们和那些创造美好的人，都让我们的生活更加丰富和充盈。

爸爸把这件事情的起源，在这里交代清楚了。因为你们以后长大了，会很好奇爸爸为什么喜欢上了收藏，为什么这么爱这些画。

上述就是为什么。

爸爸用这种平常跟你们交流的方式，作为这本集子的开始。接下来爸爸还有很多老师，会给你们讲这些美好的作品和创造这些美好的作品的那些人。这会帮助你们更好地理解他们，也丰富你们的世界。

你们肯定还会有自己的理解。因为你们每个人都拥有独一无二的美，有独一无二的逻辑，独一无二的判断。

世界因为你们的存在而更加美好。

2023 年 4 月 3 日

王帥先生詩句書應

春風最隨美人意

為她開了百種花

孔非女士雅屬 辛丑夏 白謙慎

【白谦慎书"春风最随美人意，为她开了百种花"】

5

"壁画"的起源

"壁画最早起源于原始的洞穴画，集大成于欧洲文艺复兴时期，繁荣于 20 世纪，并一直伴随着人类的文明不断进步发展至今。"

我搜索来的这句话应该不是艺术，而是科学。从艺术的角度出发，壁画在我们家横空出世，至今只有短短几年。

我们住的房子，墙刷得是特别的洁白，雅致，比画纸大多了，很多面墙都是六尺整张之上的。当两个女儿从"爬行动物"变成"直立行走动物"，开始动手，开启艺术生涯的时候，这些墙就成了她们的画布。

短短几年的时间，我们家就从"家徒四壁"变成了"敦煌莫高窟"。集中西合璧的所有颜料，上下五千年各种技法，有泼墨，有水彩，有素描，有雕刻，可以说囊括美术学院所有科系。

突然有一天，她们对我说："爸爸，往墙上乱涂乱画是不对的。"

我说："可你们是艺术创作啊！"

你们看，构图新奇，线条圆劲流畅，手脚并用，推陈出新，笔笔中

【周昌谷临莫高窟七十一洞残壁】

尺寸：纵 33 厘米，横 42 厘米
装裱形制：镜片
释文：一九五四年昌谷临漠（莫）高窟七十一洞残壁
钤印：昌谷

锋，青绿泼彩着色，益见奇丽多姿，确实是出神入化之神品，值得终身收藏。

可她们确实不在墙上画画了。后来这个房子丈母娘去住的时候，我特别叮嘱她：

"不要把墙给我刷了啊，这可是珍贵的艺术品。"

绝版了！

好在敦煌壁画还在，很多画家都留下了不少优秀的作品。

否则遗憾真是天那么大了。

卜算子——读《息翁玩具图》

《息翁玩具图》为陈师曾所绘，凡维纳斯石像、明代故宫陶牛、杭州半山小泥虎、惠泉山和合神、泥狗、泥蛙、木马、竹龙、广东陶鸭、江北泥人诸玩偶十四种。此图为李叔同出家前所赠，实成为解读李叔同的一个视角。

李叔同乃传奇人物，读传奇人物最难。既为传奇，则多万万想不到，万万做不出。不得其解，反易落入自我心结。

心有千千结，往往因为一解再解，不得其结，解什么结呢？

本篇取名"卜算子"，取其"似扶著、卖卜算"之表面意思，求一种剪不断理还乱、求诸不可知有可感的结果。

天涯海角，远山斜阳，多离别歌声，绕高山流水。因之录苏轼、王观、严蕊、李之仪、陆游《卜算子》各一。七窍玲珑心，各有各的机缘因果。

所谓长亭外，古道旁，断续天边一雁鸣，不管离人不要听。

【陈师曾《息翁玩具图》】

创作时间：1918 年（戊午）

尺寸：纵 128 厘米，横 26 厘米

装裱形制：轴

释文：吾友李叔同于杭州虎跑寺剃度为僧，其所藏玩物分以见赠，因图志之。上天下地有同好者，当不数睹也。戊午七月，陈衡恪。

钤印：衡恪之印、师曾、豫章陈氏、别存古意、亦与之为婴儿

题签：息翁玩具留真。师曾自画。

　　陈师曾（1876—1923），原名衡恪，字师曾，号朽道人、槐堂，室名"染仓室"，江西南昌义宁（今江西修水）人。祖父是湖南巡抚陈宝箴，父亲是著名诗人陈三立。陈师曾清末留学日本，归国后从事美术教育与研究，曾任江西教育司长，北京女子高等师范学校、北京高等师范学校、北京美术专门学校教授。精诗词、书画、篆刻，通画理，皆有不俗成就，是一位全才艺术家，被公认为民国初年北京画坛最有名望的画家。其《文人画之价值》一文是 20 世纪以理论形式肯定中国文人画的第一人，其精深的绘画理论和杰出的绘画实践对 20 世纪初北京画坛产生了巨大的影响力。著有《中国绘画史》《中国文人画之研究》《染仓室印存》等。

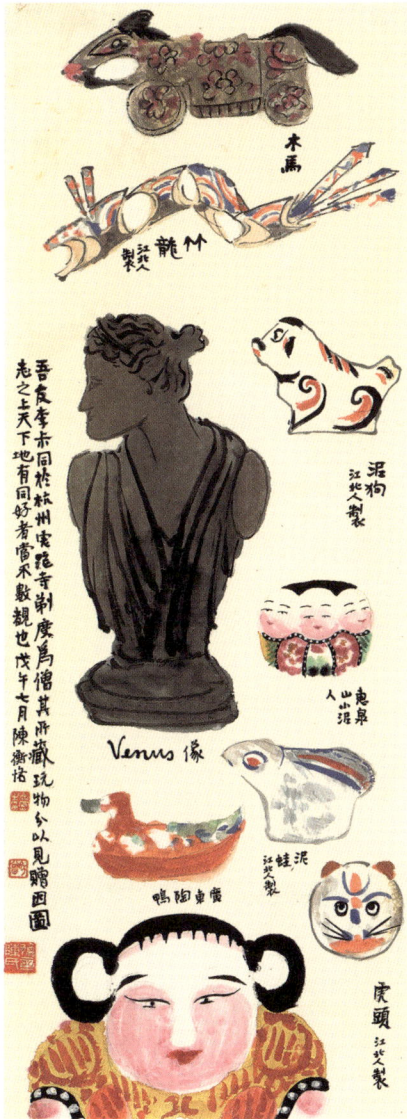

木馬

竹龍 江北人製

泥狗 江北人製

吾友李赤同於杭州寶蓮寺剃度爲僧其所藏玩物分以見贈因圖志之上天下地有同好者當不數觀也 戊午七月陳衡恪

Venus 像

惠泉 山人泥

陶鳩 廣東製

泥蛙 江北製

虎頭 江北製

虎頭 江北製

圖

惠泉山人合神

王帝 杭州串山小泥

日本古賀人形

陶牛 南京明故宮故遺物

江北泥人

王者像 江北製

卜算子·黄州定慧院寓居作

苏轼

缺月挂疏桐，漏断人初静。时见幽人独往来，缥缈孤鸿影。　　惊起却回头，有恨无人省。拣尽寒枝不肯栖，寂寞沙洲冷。

卜算子·送鲍浩然之浙东

王观

水是眼波横，山是眉峰聚。欲问行人去那边，眉眼盈盈处。　　才始送春归，又送君归去。若到江东赶上春，千万和春住。

卜算子·不是爱风尘

严蕊

不是爱风尘，似被前身误。花落花开自有时，总是东君主。　　去也终须去，住也如何住。若得山花插满头，莫问奴归处。

卜算子·我住长江头

李之仪

我住长江头，君住长江尾。日日思君不见君，共饮长江水。　　此水几时休，此恨何时已。只愿君心似我心，定不负相思意。

卜算子·咏梅

陆游

驿外断桥边，寂寞开无主。已是黄昏独自愁，更著风和雨。　　无意苦争春，一任群芳妒。零落成泥碾作尘，只有香如故。

该画信息复录于文末。

题识：吾友李叔同于杭州虎跑寺剃度为僧，其所藏玩物分以见赠，因图志之。上天下地有同好者，当不数睹也。戊午七月，陈衡恪。

钤印：衡恪之印、师曾、豫章陈氏、别存古意、亦与之为婴儿。

陈师曾自题签条：息翁玩具留真。师曾自画。

该作著录累累，不是新发现太多，盖人云亦云，多因循袭之。

王某人曰："我相信因果，但不信有绝对。因为绝对，才有决绝。"

此人太狠，我做不到。

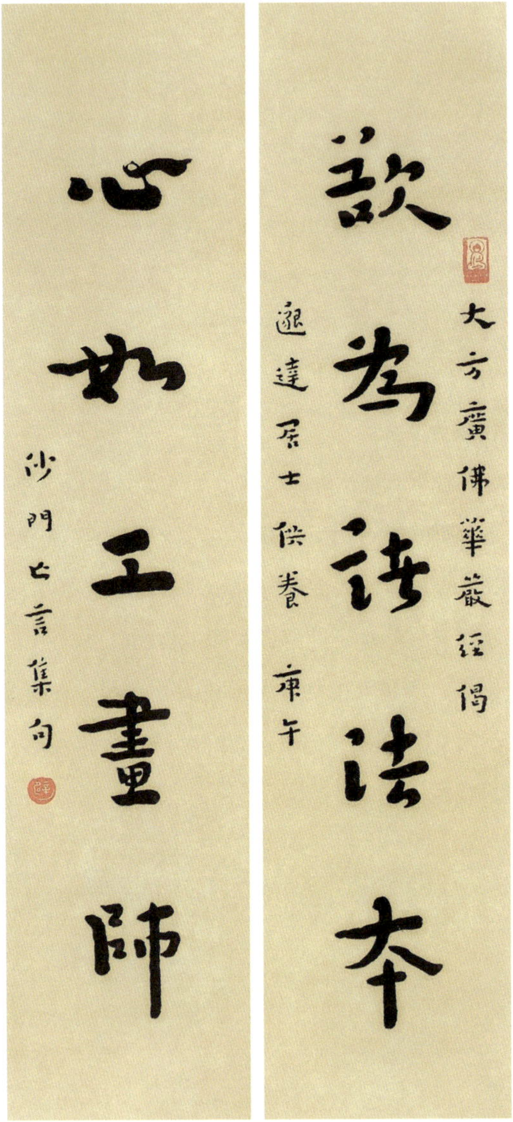

心如工畫師

沙門七言集句

歡為諸法本

大方廣佛華嚴經偈

迴達居士供養 庚午

14

创作时间：1930 年（庚午）

尺寸：纵 58 厘米，横 12.5 厘米

释文：欲为诸法本，心如工画师。大方广佛华严经偈。 邈达居士供养。 庚午。沙门
亡言集句。

钤印：辟、佛像（肖形印）

　　李叔同（1880—1942），幼名成蹊，谱名文涛，字叔同，学名广侯，号漱筒、惜霜、广平、李庐主人等。1905 年母亲去世，改名李哀，字哀公，又名李岸、息霜、李息、李婴、圹庐等。1918 出家后法名演音，号弘一。祖籍浙江平湖，出生于天津官宦富商之家。新文化运动先驱，卓越的音乐家、书法家、美术教育家，一代高僧。1905 年，二十六岁东渡日本留学，考入东京美术学校油画科。在日本组织"春柳社"演出话剧《茶花女》等，为中国第一个话剧团体。1918 年，三十九岁在杭州虎跑定慧寺正式出家为僧，潜心精研、撰述佛学典籍，与弟子丰子恺合作《护生画集》宣扬佛教，往来于浙江、上海、福建等诸多寺院演讲，传经布道，被尊为律宗第十一代世祖，1942 年圆寂于泉州温陵养老院。出家后除研究佛经，诸艺皆弃，唯书法不辍，书写佛经、佛偈，独创天真稚拙、平淡恬静的"弘一体"。

　　书法由杭州名中医王邈达家族流出，余十年前得之。

给您打了十年工——读宾虹先生画作

得到的前提是付出。

我努力工作十几年，赚的钱大部分花在黄宾虹身上。或者说我为宾虹先生打了十年工，他是我对美的认知的老板。

我收藏的第一幅作品是他的一幅山水草稿。我干过多年建筑工，知道钢筋和水泥的关系。上学其间，每年暑假我都去建筑工地干活。我的第一份工是推混凝土小车，但是第一趟就半路翻车，后来就去搬砖了。

看到黄宾虹先生的那幅草稿，我的头脑自然地浮现出钢筋和水泥这看似没关联的强关联。脑子里是毛阿敏唱的"这是绿叶对根的情意"，眼前立即鲜活起来。

我跟我的堂哥请教，他是复旦大学哲学系 1981 级的。他小时候就高度近视，干什么都要问我这个东西在哪里，可我一点都不欺负他。

这些天我一直在跟他说画。我跟他说："我今天要写一下我的大老板黄宾虹。"

他说："我只能跟你说一点佛法。"

我说："请。"

他说："佛说三界如火坑，[1] 说这话时，佛是在三界内还是三界外？三界之内，不知是火坑，三界之外，不觉有火坑。"

我说："跳不出去是坑，跳出去是炕。"

我继续问："如果一个人一直没想过这些问题，这些问题还存在吗？不知有汉，无论魏晋，岂非桃源中人？修行岂不是多事？"

他说："陶渊明先生喜欢喝酒，所以他在写《桃花源记》时，也没忘让人皆出酒食。无酒岂不清静？有酒岂不多事？不怕有人醉闹桃花源？但陶渊明宁愿多事，不愿无趣。无事无趣，何谈人生？越多事，越有趣，越见功夫。"

我说："庄子说浑沌，七窍未开，全无面目，七窍已开，浑沌即亡。依庄子的意思，人生好像只能要命不要脸，要脸不要命，既想要脸又想要命，两全其美固然好，但既要又要还要，怎么感觉像辩证法？"

他说："劝君慎谈辩证法。你是好人，我看着不顺眼，那你就是辩证的坏人。你是坏人，我觉着舒服，你就是辩证的好人。真正的辩证法是和自己较劲，是赞美别人，否定自己。只有内在地不断自己否定自己才是实打实的，否了就定了，定了就成了，否来定去，蓦然回首，是谁在否定啊？是我在坚定啊。就找到真我了。"

我说："哈哈，我想送你茅台酒，是比较好的那种，不知你会否了呢

---

1 《法华经》上说"三界无安，犹如火宅"，"火宅"或可理解为"火坑"。

还是可了呢？是真想我要呢还是假意我要？"

他想了一阵，说："这难不倒我，我去你家里喝。你算送了还是没送？我算要了还是没要？不过，我还是拿劳动换酒吧。我有一个法门，随时随地看自己在不在，在时醒，不在时梦。你观此画时，梦乎醒乎？迷乎觉乎？有梦有醒，有迷有觉，才得觉悟。"

我心里想：是啊。我内心郁闷的时候，也时不时拿出黄宾虹先生浑厚华滋的画来看一番，往往是推开窗户，看天上安静的星斗以及远处的群山，感受松风和自己同频的呼吸。

如果远处没有群山，你就往远处更远处看就好了。

一个人的画引起一个人这么多的思考，我觉得就是超过一张画的笔墨了。

这十年工，算是赚了。

　　黄宾虹早年受"新安画派"影响，以干笔淡墨、疏淡清逸为特色，是为"白宾虹"。蛰居北平十年，黄宾虹深刻领悟"黝黑如夜行"的宋画神韵，画风逐步完成了向"黑宾虹"的转变。此卷《仿宋人山水图》，作于"壬午"，即 1942 年，是黄宾虹画风由"白"转"黑"的典型代表作。

　　黄宾虹花卉作品大多作于八十岁以后，有人将黄宾虹的山水画称为"密体"，而将花鸟画称为"疏体"。他说："婀娜多致花草本性，但花草是万物中生机最盛的，疾风知劲草，刚健在内，不为人察觉而已。"又说："画山水要有神韵，画花鸟要有情趣……画花草，徒有形似而无情趣便是纸花。"潘天寿则说："人们只知道黄宾虹的山水绝妙，其实他的花卉作品更妙，好在自自在在。"

【黄宾虹《松籁阁图》】

创作时间：1940 年（庚辰）

尺寸：纵 31.5 厘米，横 151.5 厘米

释文：海山销溽暑，寒翠泼衣襟。时有清风至，泠泠太古音。纫秋先生索写《松籁阁图》，并系小诗博粲。庚辰之夏，黄宾虹试罗小华墨。

钤印：潭上质印、片石居

　　图中山岭逶迤起伏，蜿蜒入海，山坳四围虬松盘曲如龙，中有矮屋数椽，意即松籁阁。画法焦墨干皴，淡湿墨铺染，正是"干裂秋风，润含春雨"，笔法苍秀，风神潇洒，显示了这一时期典型的"白宾虹"风貌。

【黄宾虹《仿宋人山水图》卷】

创作时间：1942 年（壬午）

画芯尺寸：纵 16.8 厘米，横 173 厘米

释文：北宋人画皆黝黑如行夜山，此为柴丈人、释石溪、吴渔山诸贤所取法要，皆以笔苍墨润，不蹈纤巧之习，成就大方家数，兹拟其意。壬午，黄宾虹写于竹稽。

钤印：黄山予向、朴居士

海上蜃楼
暑云翠
薄永襟时
有清风多
岁之太古音
绿秋苍壁
宗写拟颖
阅图罩亮
六诗博案
黄宾斌
渭川荆墨

　　黄宾虹（1865—1955），原名懋质，名质，字朴存，号宾虹，别署予向、虹叟、黄山山中人等，原籍安徽歙县，出生于浙江金华。幼嗜丹青，课余之暇，研习书画篆刻、小学经史，早年任教于芜湖安徽公学、歙县新安中学。晚年任中国美术家协会理事、华东分会副主席。黄宾虹毕生致力于中国书画、篆刻、玺印古文字等美术史研究、撰述和创作实践，编辑出版《美术丛书》等，创造了山水画黑、密、厚、重，浑厚华滋的独特艺术风貌，是 20 世纪中国山水画画家杰出代表，中国传统绘画承前启后的一代宗师，具有广泛和深远的影响。

十万青年十万军——读申石伽《春灯蕉雨图》

《春灯蕉雨图》成于 1936 年，申石伽作图，邓散木、白蕉等八人题跋，上款人梦蕉。

时局混乱之际，多遭遇不偶，居恒忽忽，悲歌感慨之情状。但这群人正值青春，同声相和，同气相求，自信人生二百年，相信这个混乱的时代，终会因为他们而改变。

但"梦蕉"是谁？梦蕉，梦蕉，是梦蕉还得鹿，缘木可求鱼？对我强于感觉但大弱于专业训练之人来说，找到一个近百年前的人，勾勒一个近百年前的场景，是比较难的。有天早起，又开始大海捞针。内心都要说算了吧，突然发现台湾吕一铭《台湾走向科技的那些年——关键的人与事》，整个人都快乐起来了。

其中有这样几段话，兹录如下：

先祖父母都曾一起参与当年革命推翻清朝，先祖母韦氏还是革命先烈秋瑾女士的门生，她率娘子军和祖父（讳子英）一起打下南京和杭州（祖籍浙江东阳，后定居杭州）；还与早年别号"志清"的老蒋总统、蒋鼎文、吕公望等人是拜把子。

先严"讳梦蕉，字孟椒"则是一位重诗文的传统文人，他对当时战乱而不安定的时局和政治环境另有想法。但他从不跟子女谈家世背景，印象中只说过当年的"十万青年十万军"是先祖父的构想，还由他代笔写给蒋委员长。

先严虽念上海复旦大学政治系，却喜诗文。与早年在沪杭的知名文人雅士莫不熟稔，还组诗社，包括邓散木、申石伽、施叔范，名作家郁达夫等，均私交甚笃。来台后则与王壮为、陈定山、傅狷夫、高逸鸿等，常相往来。

是啊，这些快乐总是突如其来，让人身临其境。快乐让人向往，而郁闷则将人压制。快乐是短暂和突然的，郁闷则可能是郁积重重，把人整个包裹起来的。我就在想，快乐总是有的，快乐的次数多起来，也就没有太多心思去想那些不快乐的事情了。

就如同过去的事情，如果忘掉了，就真的消失了。我们无法还原任何一个场景的确切真实，如果能从某种机缘下接近这种场景，勾勒一群这样的人，就已经是一件很快乐的事情了。

我们都年轻过。在这个维度上，我想那时候他们的聚会场合，应该会喊上我。我也客居杭州许久，一出门也许就碰上了。

【申石伽《春灯蕉雨图》】

尺寸：纵 110.5 厘米，横 34 厘米

装裱形制：轴

释文：春灯蕉雨图。梦蕉词兄属写。丙子元
夜，申石伽作于西子湖。

钤印：石伽

　　申石伽，别署西泠石伽，室名"六步
诗楼"，浙江杭州人。早年师从俞云阶、胡
也衲，1925 年与康云、胡亚光等组织西泠
书画社。1929 年加入中国美术会，与叶浅
予组织中国美术会第一届杭州画展。1949
年后长期任教于上海工艺美术学校。曾为
上海美协会员、上海市文史馆馆员、浙江
文史研究馆名誉馆员。

思无邪——买画者言周昌谷

几年前我曾经在芸廷的一次展览中，为周昌谷先生的作品写了一篇短小的文章：

中国人的宗教，往往就是从对美不自觉的迷恋，到对美自觉的追求。所以中国人的宗教安静，不标榜，不出格，不越位，往内心走。

周昌谷先生的画就是追求美的。我时常认为，一张好画不是画得多好，而是画得多么纯粹、干净、清爽。笔墨是内心的镜子，纤毫毕现。这面镜子，既反映别人，又观照自己。

我一直认为，女性是所有美好的集合体。我非常欣赏我的老师的一篇文章：世界因为女性而美好。她们展示着美，又承担了种种责任、压力。日月行天，伟大的女性，引领人类提升。男性最大的运气，就是用一生的时间，跟女性并行在世。

芸廷收藏的周昌谷作品，集中在周昌谷对女性的表达。女性的美是表达不完的，所以周昌谷可以画一辈子女性。周昌谷表达的是所有女性美里面的最具共性与最朴素的美。

这样的女性既存在又不存在。实实在在、无处不在又虚无缥缈。一天一天过的是日子，但回过头看就是时间感。伟大的画家往往没有时间回头，有些人存在就是合理，离开就会被别人总结。

跟这些画有机会在一起，这就是用心的有缘。世界上从来没有无缘无故，但更多是熟视无睹。我相信很多陌生人，走着走着就走到了一起，这是自然而然，是峰回路转，是羌笛何须怨杨柳，是春风又绿江南岸，是夜半钟声到客船。

天地有造化，大美不需言；多好即很好，有缘就有缘。一起看画吧。

芸廷所藏周昌谷先生画作各种体例近二十件套。这是一个能引起我强烈共鸣的山野之子。他从雁荡山走出来，开始他对美的追求但又命运多舛的一生。五十七岁就走掉了。但他的画里没有悲伤。

可能美好是悲哀最后的尊严。我写了几千字的文章，最后又删掉了。还原一个人波折的一生，是一件不可能的事。死亡已经带走了一切，那就展现他追求并留下的美吧，让美好的愿望用美好的形式存在。谨录一封他给女儿的信：

吉诺：

　　你上次的信，早收到了。你最近学习很忙吧！

　　风景画过之后，现在在画什么呢？水粉风景，粉不宜太厚，由远及近，天和远山要接（化开的，有水的融合的接）起来。然后接平面（为草地），再用小阔笔画房子，树丛也要能湿接，如见到秋天稀疏的树，可以用中国画的白描小笔画枝干，再点上几点黄色的剩叶。这样在树缝中，还能看到远山起伏的变化，东西就显得复杂好看。今后有机会，我们一道去画风景写生，也很有趣。

　　此外，你看那张海报，大可不必忧虑，不过目前，还是要抓休息，电视不要多看，太坏眼。

爸爸

　　那首诗及序写在一张裁剪过的纸片上，正面书："北雁荡大荆石门潭有曰：'云生大泽，摩崖石刻，为予撒骨处。'予有诗曰：'热血难酬积疾深，龙湫撒骨复何寻？愿凭万丈悲鸣水，寄我绵绵爱国心。'"

　　纸的背面，勾勒出他出生和将埋骨的《石门潭简图》。夫人携女儿，将其骨灰撒在雁荡山大荆石门潭。雁荡之子，短短五十七年，魂归雁荡。

　　昌谷姓周，雁荡山人。幼而聪颖，及长有文。《两个羊羔》，一举成名。好学自励，崭焉出群。乃撄痼疾，尤奋益勤。困顿床褥，一十六春。多才天忌，壮志未伸。年五十七，命何蹇屯。安此吉兆，钱江之滨。风气爽垲，抱道归真。生年修短，皆非所论。唯君笔墨，永世常新。

陆俨少写完这篇《周昌谷墓志铭》之后又撰一挽联："多才天也忌，一病命何穷。"

【周昌谷《丛花图》】

尺寸：纵 68.5 厘米，横 51 厘米

装裱形制：轴

释文：承钧同志正之。丛花图。周昌谷作。

钤印：仓谷

【周昌谷 驼铃少女】

尺寸：纵 25.5 厘米，横 31.5 厘米

装裱形制：镜片

释文：周昌谷粉墨戏之。

钤印：仓谷

【周昌谷《赶集者》】

尺寸：纵46厘米，横35厘米

装裱形制：镜片

释文：赶集者。写苏州农村夷陵集市所见。昌谷速画。

钤印：周、仓谷

【周昌谷《芙蓉花》】

尺寸：纵51厘米，横83厘米

装裱形制：镜片

释文：周昌谷画。

钤印：老谷

【周昌谷《少女》】

尺寸：纵 30 厘米，横 23.5 厘米
装裱形制：镜片
钤印：周昌谷印

　　周昌谷（1929—1986），号老谷，浙江乐清人。1948 年考入杭州国立艺术专科学校（今中国美术学院），毕业后留校任教。对中西绘画艺术均有扎实的功底和深入研究。工书法，兼擅篆刻、诗词，尤精彩墨写意人物及花卉。兼容并蓄，融会贯通，独创"彩墨宽笔点厾法"一格。曾赴甘南草原、广西、云南等地写生，作品多以少数民族生活为题材，注重表现自我真情实感。色彩明艳亮丽，唯美抒情，为现代"浙派人物画"奠基人之一。1954 年所作《两个羊羔》荣获第五届世界青年联欢节金质奖章，为新中国成立后第一个中国画国际大奖获得者。反右派斗争扩大化及"文革"中屡遭批判、打击和迫害。1971 年确诊肝炎，从此经常长期住院，但仍坚持艺术创作，终因久病不治，英年早逝。

天上掉下个林妹妹
——读蒲华《西湖小隐图》

    《西湖小隐图》作于戊申（1908年）冬。此图为西湖全景构图，有六桥烟柳，湖中三岛，保俶、雷锋二塔隔湖相望。图中山水浓淡相宜，明秀清丽，秀雅腴润，跃然纸上。潘天寿后题诗说得极是："六桥烟水真清丽，天付幽人任作家。笔底谁能偏蹦蹦，年来我亦忆蒲华。"

    何为邋遢，盖因蒲华作画，率性而为，水墨淋漓，生气一派，时人称之"蒲邋遢"。殊不知"邋遢"正是蒲华的真本领所在。清人张庚论画云："湿笔难工，干笔易好。"黄宾虹曰："海上名家蒲作英山水为胜，虽粗不犷。"

    蒲华题："墨君女士雅擅诗文，煌然成集，间画花卉，清丽超群，真未易才也。偕妹峭然女史好学联吟，怡怡如也。家近西湖，爰属写此图，以寄高尚之志云。戊申之冬，蒲华。"

    又题："真是西湖似画无，却因小隐写成图。淡妆浓抹山容好，肥遁居贞仅自娱。荣发堂前姊妹花，联吟湖上乐无涯。山深林密应高志，云水乡中且住家。"

画，画得好极了，诗也不错，但问题来了。画上前后两题，前题称为"墨君女士""峭然女史"姐妹所作。"峭然女史"问题大了。该画面世之后，人皆以峭然为蒲华之妹，竟至于其他上款峭然的画作，也一律归入蒲华之妹名下。

墨君有名，即叶翰仙，仁和人，有词集《适庐集》，清末著名经学家俞樾女弟子，1902年肄业于杭州诂经精舍。俞樾有诗云："和我新诗迥出群，郋亭欣赏最欣欣。谁知出自红闺笔，记取诗人叶墨君。"今西泠印社四照阁有其撰联。

郋亭即汪鸣銮，也是俞樾的学生，吴大澂表弟。他欣赏叶的诗词，叶词确实雅丽：

菩萨蛮·月夜

冰轮涌出明如镜，湘帘隔断梧桐影。何处玉箫声，吹来隔院闻。　寒虫鸣玉砌，人静重门闭。小簟夜凉生，罗衫薄不禁。

南乡子·闻雁

万里织罗云，断续天边一雁鸣。试问新秋曾带未，声声。不管离人不要听。　入耳韵偏清，怅触闲愁梦不成。我亦天涯同作客，飘零。已过江南第几程。

我问周老师："峭然既是墨君的妹妹，怎么成了蒲华的妹妹了？"

周老师说："有问题，查！"

我说："好嘞。"

一番操作猛如虎，用去几个晨与昏。有词集《蕴香斋词》，赫然在目："叶静宜，字峭然，仁和人。"有词云：

浣溪沙·绿蝴蝶

省识园蔬叶二分。仙踪幻出碧罗裙。小青莫不是前身。　扑向花丛浑似叶，倦栖芳草梦无痕。绿天深处认难明。

周老师说："查得好。"

我说："好啥？"

他说："查出来了啊，峭然就是墨君的妹妹啊。"

我说："我倒希望她是蒲华的妹妹。有这么一个好妹妹，蒲华根本不会'富于笔墨穷于命'。"

我当时就给周老师唱了一首歌，罗大佑的《明天会更好》——"青春不解风情"。

我说："周老师，您今年光荣退休，确实不解风情了啊。"

我又想唱《红楼梦》里面的"天上掉下个林妹妹"，周老师把我赶跑了。

【蒲华《西湖小隐图》卷】

装裱形制：手卷

引首：纵32厘米，横81厘米

画心：纵34厘米，横251.5厘米

拖尾题跋：纵34.5厘米，横294厘米

　　蒲华（1832—1911），字作英，亦作竹英、竹云，号胥山野史、胥山外史，斋名九琴十研楼、芙蓉庵、剑胆琴心室等。浙江嘉兴人。出身寒微，早年科举仅得秀才，三十二岁妻病故，橐笔出游，至台州府太平（今温岭）县署及新河、海门官府当幕僚。因不耐官府约束，往来宁波、台州、杭州、嘉兴、苏州、上海等地，卖画为生，曾远游日本。六十二岁卜居沪上。生平交友与吴昌硕最为相得，宣统三年（1911）蒲华在沪去世，孑然一身，吴昌硕、何熙伯等友人为其料理后事。一生坎坷，生活窘迫。蒲华是晚清海派著名画家，善花卉、山水，尤擅画竹，人称"蒲竹"，湿笔淋漓，纵放恣肆。也是出色的诗人与书法家，其艺术堪称诗书画三绝，与虚谷、吴昌硕、任伯年合称"海派四杰"。

西湖小隐图

【蒲华《西湖小隐图》卷】局部

西湖小隱圖

湯壽潛

西湖小隱圖

同是天涯沦落人——读林风眠《瓶花仕女》

解决人生问题的话题，从来不是解决个人问题的苦药。

我看到林风眠先生的画首先想到了自己。

我听到呐喊，听到挣扎，听到骄傲，听到寂寞里的忧郁和安静，听到一朵野花在荒野里开了又谢了的声音。

我看到美，被打回原形，似乎看到白骨精的不甘不舍，看到白娘子的不得不舍，看到命运的几种后果：不得不认，还是我就不认。

这要命的美啊。是无常。是被安排的命运。

这被安排的命运啊。是忧伤里的阳关三叠，阴阳两隔，不知所去。

你看到也好，听到也好。

> 这片平静的房顶上有白鸽荡漾。
>
> 它透过松林和坟丛，悸动而闪亮。
>
> 公正的"中午"在那里用火焰织成

大海，大海啊永远在重新开始！

多好的酬劳啊，经过了一番深思，

终得以放眼远眺神明的宁静！

保尔·瓦雷里《海滨墓园》，卞之琳译

我把这张画挂在我的家里。我写过一段文字：

> 漂亮不过我的妈妈，我跟我妈妈不见面已经三十七年矣。她是美好的，受苦的。她的所有，影响我的所有。我看到林风眠先生的画。我想起你。没有人知道我为什么执意要买她。就当买一缕风，一声钟，一个梦不到的人的梦，一个一辈子的孤单和一场黯然销魂吧。

事实上，我所有想掩盖的事实就是，我亲爱的妈妈，在1984年，离开了我。

林风眠说："我是睁着眼睛在做梦，我的画确是一些梦境。"

林风眠对表现女性之美情有独钟，或许是他心有所寄。他六七岁时，年轻的母亲因违反族规，被族叔们捆绑在林家祠堂前的石柱上受到毫无人性的折磨。他在回忆录中写道："我当时被关在屋子里，不让出来，当时什么都不知道，也没看见这些惨剧，在家突然有一种感觉，突然愤怒疯狂起来，我拿起一把刀，冲出门大叫，我要杀死他们，将来我要把全族的人都杀了。远远地看到了妈妈垂头的形象。很多人把我抱牢了，夺了我的刀，不要我接近妈妈。我大哭大叫了一顿，他们把我抱回家里。"他母亲后来被族里人卖到外乡，从此母子再也没有相见。

他在法国卢浮宫时说，每每看到《蒙娜丽莎》就要流眼泪。他说总觉得那是母亲的凝望和微笑。

【林风眠《瓶花仕女》】

尺寸：纵68厘米，横65厘米
装裱形制：镜框
款识：林风眠
钤印：林风眠印

《瓶花仕女》约作于20世纪60年代初，画面是常见的西画形式。刻画简约，略显夸张，具有抽象性和象征性。这一仕女造型借鉴了意大利杰出的表现主义画家与雕塑家、20世纪初法国"巴黎画派"重要代表莫迪里阿尼的艺术风格。但仕女的面相、发髻、衣裙以及一些线条又具有强烈的中国传统特色。

林风眠（1900—1991），原名绍勤、绍琼，学名凤鸣，后改名风眠，广东梅县人。1919年从梅州中学毕业后到上海参加"留法俭学会"，并于当年赴法留学。1926回国后被蔡元培聘任为北京国立艺术专门学校（后改名为北平艺术专科学校）校长，1927年赴南京任国民政府大学院艺术教育委员会主任委员。1928年在杭州创办国立艺术学院（后改名国立杭州艺术专科学校，即今中国美术学院），为首任院长兼教授。

1960年当选为中国美术家协会上海分会副主席。1966年"文革"爆发后被抄家，惊恐之余，亲手将作品浸成纸浆毁掉。1968年被拘留于上海第一看守所，于1972年年底获释。1977年移居香港。

林风眠以"调和中西"为艺术理念和创作宗旨，将东西方艺术融合，开拓出中国美术通往"现代"的道路。风格独特且多元化，以水墨和彩墨为主要的形式，风格沉静、孤寂、悲凉、抒情。主要题材有仕女、戏曲人物、静物花卉、风景、禽鸟等。

一块石头和另一块石头

一块石头是晚清民国学者李宗颢的。李宗颢，广东南海人（今属佛山），爱石头。给自己起了很多名字，如愤石生、愤石子，室名多如鬻石籢、愤石斋、灵璧山馆、米庵、芾山亭、三十二芙蓉山馆等。名字多到记不住、写不开的地步。

李曾在市肆觅得大不盈尺的卷石，因石上有"宝晋"（即米芾）和"松雪"（即赵孟頫）题字，他认为即是米芾所藏的灵璧研山石，十分珍爱，于甲辰年（1904）先请吴昌硕"赋长句张之"。后又为珍藏该石而构亭，称"芾山亭"；在下一年，即乙巳年（1905），又请吴昌硕绘此《芾山亭》图。

诚会玩。石头不知道真假，吴昌硕的长诗倒是酣畅淋漓，大有排山倒海之势。用传为大军阀"大诗人"张宗昌的诗来形容，颇有"大炮开兮轰他娘，威加海内兮回家乡。数英雄兮张宗昌，安得巨鲸兮吞扶桑"的豪放。

【苏州瑞云峰】

还有一块石头更出名。这块石头是姊妹石，姐姐叫"大谢姑"，妹妹叫"小谢姑"。"姐姐"被当作花石纲运到宋徽宗那边，结果整出来一个杨志卖刀，杀了牛二，出了本《水浒传》。"妹妹"未及起运，现在在苏州，估计宋徽宗当时忙于招安宋江。

宋徽宗看上的东西都是好东西，"姐姐"被命名为"昭功神运石"，封为"盘固侯"。"妹妹"留在江南，也成了"江南三大名石"之首，被称为"瑞云峰"。祥瑞，紫气东来，招来了吴湖帆。

1929年，吴湖帆对着这石头下手了，极尽笔墨之能事，墨笔勾勒，浅墨染底，浓淡墨色交替皴之，深浅相宜，特别像他新中国成立后画的原子弹。画完还不算完事，又带着一堆兄弟写了一堆诗，传为一时佳话。

有一天王某人揽镜自顾，发现自己瘦、漏、皱、透，确是奇石一块，恒温三十七度，还会陪人聊天。顿觉生不逢时，没有碰上宋徽宗，没有碰上米芾，没有碰上李宗颢，最后还错过了吴湖帆。

哎，一个人的运气，哪里能一直那么好呢。

绣玉唐峰

千叱石羊群走。
一峰瀑布迷白
复五湖踏雪，
焉惭墨猪。闻
兄于市肆得卷
卿。

【吴湖帆《瑞云峰》轴】

创作时间：1929 年，1939 年补笔

装裱形制：轴

尺寸：纵 113 厘米，横 46 厘米

释文：瑞云峰。己巳夏，丑簃吴湖帆对石写照。己卯春日重为此峰润色，越作画时已十年矣。东庄又识。苏州城北阊门外之花步庄向有巨石二峰对峙丛莽中，相传犹是宋代花石纲遗物。国初时华一置织造行官，得邀宸赏，是谓瑞云峰；其一曰冠云峰，仍在原址即今之留园也，湖帆识。

钤印：湖帆书画、静淑心赏、梅景书屋、吴湖帆、丑簃词境、元京题签。

题签："湖帆公瑞云峰图真迹。吴氏家宝。元京敬题。"

题跋从略。

【吴昌硕《苹山亭图并行草书题咏》卷】

创作时间：1904 年（甲辰）、1905 年（乙巳）
装裱形制：手卷
画芯：纵 168 厘米，横 30 厘米
拖尾：纵 129 厘米，横 33.5 厘米

释文：

　　（一）苹山亭。愤石先生金石家正写，乙巳十有一月朔，吴俊卿。（二）生公说法石点首，初
剩此灵璧形纵横，燥墨生芒如画成。不然造化真奇绝，如闻五丁开凿丁丁声。一峰参天插云表，
鸟。细将方寸辨人物，有若宋代米颠元代赵。李侯癖石球图珍，袖中突兀东海邻，足迹遍九州，
亮张两眸，酸风吹飒飒。知君十年饱读书，人与众异称奇觚，我亦毫毛茂茂蛟虬驱，见君书法恶
君有母羡君福，卖字得钱供酒肉。呜呼毛义之檄今世久不行，问石先生靡不历历知人情。季驯仁
石，大不盈尺，而峰峦洞壑皆备，且有宝晋、松雪题字，属赋长句张之。甲辰孟冬同客吴下，吴俊

钤印：吴俊之印、苦铁近况、俊卿之印、仓硕

生公说法沤点首，祗平此花筆下庵。苔蘚續出奇秀樣，形

一只惹是生非的好猫

我之前在电脑上写过一篇文章，找不到了。找不到非常好，因为我那时候的理解还很不到位，幸亏没发出来。

我记得第一句话是：惊回首，离天三尺三。

那篇文章写的是潘天寿先生的《午睡》。

一个人单独地写一篇文章，就是自己想写，人畜无伤，开心就好。但没想到的是，花钱找麻烦的事情，每个人都不少，但是花钱给别人找了麻烦，而且那个人又是我的老师，这太不好了。

事情是这样的。

大家都知道，潘先生但凡有一张创作型作品出现，都是天价。那次出现的是他的《午睡》。一只猫，慵懒到让人羡慕的舒服状态，在崖上小憩，或许在想天下，或许在想自己的女朋友。那种舒展，秒杀游轮趴。

我兴奋得一晚上都睡不着。突然看到新闻，说是一个姓马的，干互联网的，有钱，任性，买了这张画，而且因为他的一个公司叫天猫，所

【 潘天寿《午睡》】

尺寸：纵 92 厘米，横 77.5 厘米

装裱形制：轴

释文：午睡。颐者寿指墨。

钤印：阿寿、潘天寿印、强其骨

鉴藏印：卢光照藏

题签：睡猫。潘天寿画。卢光照藏，一九七八年装裱于北京。

　　潘天寿（1879—1971），字大颐，号阿寿，浙江宁海人，国画艺术大师。早年从经亨颐习书法、篆刻，向李叔同学素描。1923 年后，历任上海美专、新华艺专、杭州艺专教授，国立杭州艺专校长。新中国成立后，任浙江美术学院副院长、院长，全国美协主席、浙江分会主席，又被聘为苏联艺术科学院名誉院士。著有《中国绘画史》《治印丛谈》《顾恺之》及《潘天寿画集》等。

以要把这张画改名叫天猫。

我马上就起床了，我跟我的爱人说："你看热搜，这个姓马的培养我这么多年，今天倒是因为我惹上这么多是非。"

我第一次发了一篇文章辟谣，我说这不是姓马的买的，是姓王的买的，他老婆给的钱。我老婆说你喜欢就好。

结果，一点用都没有。全社会都知道是他买的。我真的内疚到内伤了。对不起啊，马先生。

但是改名叫天猫好不好呢？我觉得没错啊。这只猫像豹子一样睥睨天下，不乞食，一躺下就是天下。

社会就是这样的。

我们回到这张画本身吧。

"虚其心，实其腹，弱其志，强其骨。"该画钤印：阿寿、潘天寿印、强其骨。

何为强其骨，是反老子所谓"虚其心，实其腹，弱其志，强其骨"，是实心，弱食，志坚，骨强。

有一年春节，我跟女儿说，咱们奢侈一下吧，过年挂一张画看看。我就在大年夜把这张画挂起来了。

我的大女儿起身在画筒上写了五个大字：王羽婕的画。

她说："爸爸，这张画画得很好啊，你给我了。但是你要记住啊，你不要在画上面写字，那是对艺术品的破坏，写在画筒上就好了。"

我说："对！"

我想这就是天猫吧。我记得天猫成立的时候，这位马先生就是这么跟我说的："我觉得天猫这个名字很好。"

我说："特别好啊，但天猫是什么玩意儿啊？"

他说："反正不是猫。"

我闷了半天，写了一篇文章，今天复录在此，当作美好的纪念。

阿里巴巴集团各位兄弟姐妹，亲：

今天上午即 2012 年 1 月 11 日 11 点 11 分，是阿里巴巴集团一个标志性的时刻。此刻，刚刚独立成军不久的淘宝商城，将正式更名为"天猫"（www.tmall.com）。

这是阿里巴巴集团形成并完善生态体系的战略决定。拥抱变化，绝非为了变化而变化。拥抱变化是在变化中寻求机遇，迎接挑战，激发智慧，发现真正的自我，成就更为广阔的未来。作为阿里巴巴集团首席市场官，我很荣幸在这里跟各位交流我们为什么这么做。

同时，今天也是淘宝商城总裁张勇（逍遥子）……哦，错了，新的事物，总是不知觉地被旧的习惯扯后腿。那允许我改正一下：是天猫网购总裁张勇（逍遥子）的生日。让我们用这个决定，祝他生日快乐。

我们知道，亚马孙是一条河，但是亚马逊同时也是世界电子商务的伟大企业；我们知道，星巴克不是咖啡，但它代表了最大的咖啡连锁巨头和文化；当然，我们也知道，阿里巴巴不是四十大盗，它是实实在在地奠定了中国电子商务的基石，并帮助了千百万创业者和小企业。我们常说，心有多大，舞台有多大。这句话我的理解是，找准自己的基因和未来，我们才能一往无前地向前进。

这次淘宝商城正式更名为"天猫"，就是对天猫基因的战略寻找与其未来的战略展望。一定会有人说，你淘宝商城是急于摆脱淘宝的"原罪"，摆脱淘宝的低价的固有印象。或者说要踩着淘宝网的肩膀成长。

各位同事，我来与大家探讨，何谓原罪，淘宝网包括阿里集团的十二年，创造了中国电子商务时代跨时代的十二年。我们重塑了交易模式、信用体系，极大地推进了物流行业的发展，扶持了创业者，帮助了大企业大品牌的转型和突围。不过，兼听则明，我们更牛一点，我们全听！我们在各种各样的批评、表扬、阿谀奉承中，选择并学习，坚持我们认为对的。我不想证明别人是错的。这个不需要我证明，还有时间呢。阿里集团的生态系统，就是血脉相连，气场相同，同一根系，不同性格。

天猫网购，代表的就是时尚、性感、潮流、品质；淘宝网的基因和梦想就是肩负着让网购成为社会日常消费行为，扶持就业，鼓励创新，同时成为消费风向标、国民基地、创意基地、家庭生活基地。对于此，我们正在做更大的努力和计划。一淘就是开放，让消费者更受实惠。

为什么用猫这个形象？感谢马总，在我焦头烂额、绞尽脑汁的时候打了个电话给我："猫怎么样？"哈哈，太好了。

猫性感妖娆。

你们见过演员陈好吗？她时尚，同时她为什么让男人迷恋，就是她在时尚之外，还有点妖娆。你们知道我为什么喜欢钟楚红和赵雅芝吗？因为她们是野性和贤惠的结合体，是女性妖娆的集中混合体。你们见过玛丽莲·梦露那张照片吗？唉呦，我太爱那看不见的风了，所以裙子最性感。但是妖娆是什么，妖娆是一种说不出来的特别的性感时尚。

猫有品位和性格。

我们都说，猫不好养，永远养不亲，不如狗，狗忠诚。但是我们再想一下，那是因为猫天生挑剔。挑剔品质，挑剔品牌，挑剔环境，这些不就是天猫要全力打造的品质之城、第五大街、香榭丽舍大道吗？

猫有九命。

猫总是跟很多传说分不开，充满智慧和神秘色彩。猫有九命，我们也知道未来路上我们要通过九九八十一难才能走到102年。我们愿意跟这只可爱的精灵一起行走江湖。你别忘了，很多同事的桌子上都摆着一只举着手的小猫——招财猫。你看，猫的优点越说越多，让人怎能不喜欢。

当然，不喜欢猫的人，多了去了；像我们这么爱猫的人，不多。但是我们必须坚持，坚信我们认为正确的。这是我们的事业。我们的本职工作就是努力完成和接近我们的事业，成就我们的公司。我们不是给微博打工的，这样说，微博的很多用户可会"打"我们。我的战友们，那就让我们在副业之余，做好挨骂的一切准备，也全力以赴地为我们这只可爱的小猫、为我们的事业而战吧。

如今，我们集团应了马总那句话：动物园。还真是，我们有了蚂蚁，又有了淘公仔，我们有了蒙古大汗，今天又多了这么一只妖娆可爱、古灵精怪的小猫。我们相信，有了蚂蚁精神，有了淘公仔的聪明、智慧、狡黠，有了蒙古大汗的力大势沉，有了淘女郎的美和分享，有了数千设计师的创意和灵感，我们前进的路上一定会笑语不断的。

去年是阿里巴巴集团的本命年，感谢 2011 年各界对阿里巴巴集团的各种非议，我们这个集团很奇怪，也很牛。有几个公司具备愈挫愈勇的本事？有几个公司的每一个人，具备白天被人骂得狗血喷头，恼羞成怒，又会彻夜反思，不断修复的本事？我们会越来越勇敢，我们也会越来越内敛和努力。

作为首席市场官，我常常觉得困惑，因为这个职位貌似要轻而易举地、极其自信地说出我们公司是什么。但是从先天功能来讲，我在公开场合讲话结巴；从后天发展来看，阿里集团各条线发展之快，覆盖、影响国计民生之大，让我实在难以准确概括出这家奇怪的公司是什么。马总经常说，在阿里集团，市场部很难做。哈哈，确实是。

十二年，新的一个轮回，让我们一起重新开始。

喵！！！！！！！！！！！！！！！！！！！！！！！！！！！

王帅

2012 年 1 月 11 日

你们看，转眼十几年过去了，我们对过去不怀念，我们珍惜眼前记得住的美好。

换句话说，就叫天猫又何妨。

欲望是微弱的，筋骨是强健的，在一起就是开心的。

这幅《午睡》图，线条刚劲凝练，猫身花斑仿佛是石上苔点，与磐石浑然一体，匠心独运，奇警绝伦。线条方中寓圆，挺拔遒劲，含蓄凝练，给人以力透纸背的力量感。巨石罩以大面积的赭色，并留空白，色清而简淡，显示了潘天寿"强其骨""一味霸悍"的雄强气概和奇、简、重、大的艺术特色。在构图上，变八大极简、疏简，以虚求实为化繁求简，实中求虚；在笔墨上，变八大之圆笔为方笔，而奇险之势则一以贯之，实有异曲同工之妙。化具象而为意象，化实景为虚景，"于天地之外别构一种灵奇"。

《燕南寄庐杂谭：盖叫天谈艺录》中曾记录了著名京剧表演艺术家盖叫天与潘天寿对话的一段文字：

潘天寿：（点头）我这是献丑。（继续画一只睡在岩石上的花猫）请您指教。

盖叫天：您让我说，我就大胆地问一问：为什么让这只猫睡在光秃秃的岩石上，不显得冷吗？

潘天寿：冷？它是躺着在晒太阳。

盖叫天：精光的石头，周围一点草也没有，猫睡在这里，怪冷清的。

潘天寿:（笑）可以在题跋上做点文章，就不冷清了。

盖叫天：要是让它躺在草丛中的岩石上，就教人觉得它是在暖烘烘的春天里睡着了。

潘天寿:（点头）这很有味道。不过花草不能太多。

【 创作中的潘天寿 】

多情是女郎

两年前，芸廷忙了很久，办了一个昆曲展。展览的名字叫"英雄美人会"。

看展的时候，我的爱人觉得推介文章写得不好，正好我昨天又用了她的钱买画，机会难得，我立即感恩图报，挺身而出，说："我来写！"

机会确实难得。老婆义薄云天，我就得做牛做马，回报万一。一路上我都想好怎么写了，但是回到家里的时候已经很晚了。没想到女儿没睡，要跟我们挤一张床。真是挤啊。我说要是当初只有一个女儿就合适了。

大女儿说："爸爸，你说，我和妹妹，你想把哪个送到孤儿院吧。"

我哑口无言，但她们已经受到伤害。屋子里一闪一闪的不是星星，都是她们晶莹的泪水。

英雄伤害了美人。

我抱着被子去了客房。刚刚起床的时候，文章还没开始写。

老婆问："你的文章写好了吗？"

唉，英雄又辜负了美人。

我满脑子现在不是昆曲，全部是走马灯一样的各类多情女子负心汉。我想起《聊斋志异》，想起唐明皇，想起杜十娘，想起陈世美，想起西门庆，想起我自己的各种行为，我有点鄙视自己了。

"不俗真君子，多情是女郎。"林散之先生这么写的。我权当是一种自我安慰。我觉得自己太俗了。

那时她就在我的身边，倚着床，看我一个字一个字地敲着，等我写那篇推介文章。

真是有一点，点点滴滴，欲哭无泪的愧疚感。

唉，你们看，美人在期待我的时候，我却在想着我自己。

海燕呐，你们可要长点心啊。

第二天我就在昆曲展的展板上，让刘树勇先生（老树）饱蘸浓墨，写下五个大字：

"英雄愧美人！"

几经周折，推介文章总算写完了，但老婆把我的文章给"枪毙"了。她自己写了一篇。我觉得她写得好，遂拍案而起，击节惊叹，直击灵魂，形之于色。这让我想起之前给另一个展览写的前言，我觉得自己还是有预见的：

春华秋实

那天早晨我还躺在床上呢，两个女儿跑到我的房间："爸爸，快

56

看啊，下雪了！"然后呼啦一下子拉开窗帘。室内温暖如春，室外的雪已经满园。

这种惊喜就是没有天气预报的好处。我素来觉得科学削弱了很多事物的趣味。晚来天欲雪，就是有一种不确定的可能性；黑云压城城欲摧，更有一种紧张感；露从今夜白，星垂平野阔，大美而不可言喻的。如果这个时候，突然广播：各位市民请注意，今天微风三到四级，那简直不是乘兴而去，兴尽归来，而是实在太扫兴，毫无兴致可言了。

自然也就是自然而然。自然而然地花就开了，自然而然地果实红了，自然而然地本来的面目越来越清晰了，自然而然地认清楚自己。自然往往带来一种自在的状态，大自然倒未必大自在。

我想这就是芸廷把新馆的第一次展览取名为"春华秋实"的原因。可能到了这个展览的时候了。每一张画，都是我和她的交流的结果，黄宾虹也好，吴湖帆也罢，每次她都要把家里的钱，数了又数，最后告诉我，买吧。唉，我这个人没什么好习惯，但一身坏毛病都是老婆惯出来的。

我特别感谢她的付出和大度。我的老师跟我说："王帅，你是一天到晚游泳的鱼啊，终于游到了鱼缸里。"这里透明，温暖，富有氧气。这口鱼缸说的就是她。

我的老师也永远年轻。

为了这些，这小半年来，我经常看着我的爱人跑来跑去地开会，定选题。这大大地影响了她对我的照顾周到程度。我有时候会漫不经心地跟她说："开大会解决小问题，开小会解决大问题，不开会解决关键问题，天天开会就不知道要解决什么问题了。"但她总以为我在说别人。不过，对于我的家庭地位而言，这种结果也是一种自然。

大概二十年前吧，我爸爸在我家门口种了一棵银杏树苗。我记得我当时对这种行为嗤之以鼻，这什么时候才能长成树呢。但是现在，这棵银杏树枝繁叶茂，旺盛得一塌糊涂，漂亮得难以言说。

这就是时间的结果。你回不到过去的时间，也不必要急于知道明天会发生什么。你只要想，到了那个时候，那个结果就在你一转身的瞬间等你就好了。

我有时候总是想起来顾城的那首《门前》："草在结它的种子，风在摇它的叶子，我们站着，不说话，就十分美好。"我相信这个展览就是这样的一种状态。

结果有什么重要可言呢？王帅啊，你可长点心吧。结果很重要！

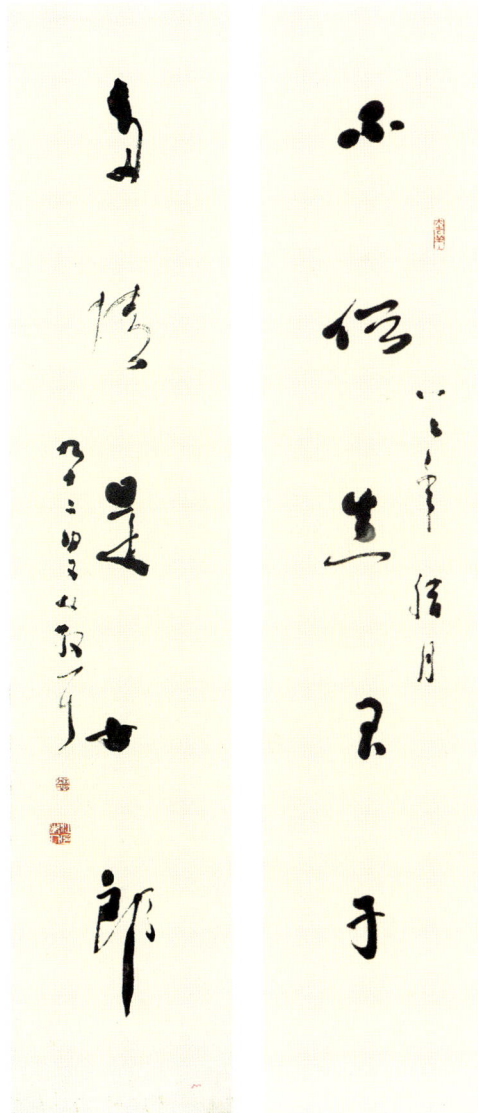

【林散之《不俗真君子，多情是女郎》行书五言联】

尺寸：纵 140 厘米，横 29 厘米

装裱形制：镜心

释文：不俗真君子，多情是女郎。

　　　八八年腊月，九十二叟林散耳。

钤印：生于戊戌、江上老人、大吉羊

　　　林散之（1898—1989），名霖，又名以霖，字散之，号三痴、左耳、江上老人等。安徽和县乌江镇人，生于江苏南京。

直道相思了无益

最近整理藏品，常有聚散之感。很多藏品，不知道怎么就散了，又不知道为何又聚起来。屡散屡聚，屡聚屡散，散之容易，聚之却难。散后还聚，聚后还散。

藏品如是，但人的悲欢离合，终归再无相聚的一天。阴阳两隔，从此永无聚首之日。聚时多么开心，离散多么痛苦。

吴湖帆和潘静淑共同临过陆包山的《梨花夜月图》。这副对屏，可以折射出当年梅景书屋里的日常场景。"水阁云窗湖光十里，唱予和汝春色三分"，琴瑟和鸣，一时佳话。

芸廷先得潘静淑的《梨花夜月图》，几年后又得吴湖帆的《梨花夜月图》。一用明人笔意，一用元人笔意。淡淡明月，溶溶梨花，似睡非睡的小鸟，祥和安静之夜。

1939年6月29日，潘静淑突患腹疾，遽然不治，三日而殁。吴湖帆伤痛之极，"几不欲生，遂更名曰倩，号倩庵，取奉倩伤神之意"。他把潘静淑的《千秋岁词》遗稿和摹写的《兰亭序》手迹刻石赠诸友好，集一百二十家诗人画家为之画图咏诗，并以年齿为序编印《绿遍池塘草》一书，作为纪念。

《绿遍池塘草》出版后，吴湖帆又编撰出版了《梅景书屋画集》，是潘静淑生前画作的结集，共收集了她二十五岁起所作的二十六幅画作。此幅《梨花月夜图》便收录其中。

兹录贺铸《半死桐》和苏轼《江城子》悼亡妻词如下：

半死桐·重过阊门万事非

贺铸

重过阊门万事非。同来何事不同归。梧桐半死清霜后，头白鸳鸯失伴飞。　　原上草，露初晞。旧栖新垅两依依。空床卧听南窗雨，谁复挑灯夜补衣。

江城子·乙卯正月二十日夜记梦

苏轼

十年生死两茫茫。不思量。自难忘。千里孤坟、无处话凄凉。纵使相逢应不识，尘满面，鬓如霜。　　夜来幽梦忽还乡。小轩窗。正梳妆。相顾无言、惟有泪千行。料得年年肠断处，明月夜，短松冈。

人类的很多痛苦是注定的。所以我们需要两情若是长久时，便珍惜那朝朝暮暮，也需要"直道相思了无益，未妨惆怅是清狂"。

但愿人长久，魂兮归来兮。

【吴湖帆《梨花夜月立轴》】

创作时间：1936 年

尺寸：纵 81.5 厘米，横 30.5 厘米

装裱形制：轴

释文：杨柳昏黄晓西月，梨花明白夜东风。丙子冬日，拟元人笔法，吴湖帆。

钤印：吴湖帆、梅景书屋、无声诗稿

题签：湖帆自画梨花夜月图。

　　吴湖帆（1894—1968），江苏苏州人，初名翼燕，字遹骏，后更名万，字东庄，又名倩，别署丑簃，号倩庵，书画署名湖帆。室名梅景书屋、四欧堂、淮海草堂、双修阁、大痴富春山居一角人家、迢迢阁等。清末广东、湖南巡抚，著名金石学家、书画家、古文字家吴大澂嗣孙。现代绘画大师，著名鉴定家、收藏家。

楊柳青青曉西月
梨花明白夜東風
丙子冬日擬元人筆法 吳湖帆

【潘静淑《梨花夜月图》立轴】

尺寸：纵 81.5 厘米，横 30 厘米

装裱形制：轴

释文：仿陆包山梨花夜月图，静淑。

题签：静淑画梨花夜月图。

钤印：琴修阁、吴潘静淑、燕子池塘黄离
　　　院落海棠庭石

　　潘静淑（1892—1939），名树春。曾祖潘世恩为乾隆五十八年（1793）状元，官至武英殿大学士，加太子太傅。祖父潘曾莹，官至工部左侍郎。伯父潘祖荫，咸丰二年（1852）探花，官至工部尚书、军机大臣。静淑自幼接受了良好的教育和文化艺术熏陶。家富收藏。三十岁生日，其父潘祖年相赠宋刻《梅花喜神谱》，吴湖帆即以"梅景书屋"名其斋，闻名海上画坛。

旧时王谢堂前燕
——读钱今凡旧藏溥儒《十二月令联》

爱一个人可以，懂一个人很难。机缘巧合，我有一套钱今凡旧藏的溥儒《十二月令联》。作品保存完好如初，足见藏者视之之珍贵。

钱今凡应该是比我更懂溥儒的人。这不仅是艺术上的鉴赏能力，还有历史机缘、前朝风物、身世飘零的偶合。这篇文章，我想是今天收藏溥儒的王帅，和昨天收藏溥儒的钱今凡的一次交谈。

回声这个词，就是一个人之前做的事，被另一个年代的不同的人，听到了。她不知道我是谁，也没想过我是谁；但我想知道她是谁，这些回声是怎样被听到的。前者是缘分，后者靠本分。

按钱今凡著作《七十年前那些事》的自我总结，钱今凡，1928年生于天津，浙江嘉兴科举世家，钱陈群后裔，本房没落。其父同整批清臣后代跟随溥仪，任伪满洲国官吏。今凡得以接触遗老文人，学习传统文化。

钱今凡还写过一篇关于溥心畬书法的文章，涉及这件藏品的流转和观感，文字我摘录如下：

我所收藏到的溥氏作品，有两个来源，《十二月令联》是1948年得自宣武门内大街路西醉经堂之外。先还记得当时之价格，洒金团花笺楷书对联每副一块大洋，《十二月令联》因是成套，更显珍贵，故不以单副计，十二副价十四块大洋。

《十二月令联》中，从"闭户不知王氏腊"明示是清皇族在民国时特有口吻，特断定为心畬自撰，彰显前代皇族立场态度。书法方面，意在绝险，是研究和鉴赏心畬方面的重要资料。

王某人想：总有一些毫无关系的人，不知不觉地产生了关系。对一个人和作品的热爱，不是翻陈出新，而是谁说得对。翻新本来也不是什么好词儿。

谁理解得准，爱得深，谁就是对的。跟这个作品在哪里，是两件事情。

后藏者芸廷记述。

另记一事：经手此件之店主叫谢鸿恩，字锡三，山东福山人，与溥心畬颇有往来，经常替溥心畬与其三弟溥僡处理家中杂事，其货源主要来自溥僡宅及各王府故邸。

哈，我的正儿八经的老乡。两家相距十公里。

【溥儒楷书《十二月令联》】

创作时间：1942 年

单幅尺寸：纵 61.5 厘米，横 11.8 厘米

装裱形制：镜片

释文：

（一）玉盘献岁椒花颂，醴酒延龄柏叶尊。壬午正月，溥儒。

（二）绿杨枝上才消雪，红杏梢头早见春。壬午二月，溥儒。

（三）芳树笙歌酬令节，茂林觞咏叙幽情。壬午三月，溥儒。

（四）飘残梅雨迷蝴蝶，飞尽杨花响杜鹃。壬午四月，溥儒。

（五）萱草迎风摇翠带，榴花著雨湿红妆。壬午五月，溥儒。

（六）荷花带雨溪亭静，梧叶迎风冰井寒。壬午六月，溥儒。

（七）蝉将残暑依园柳，雁带新秋起岸芦。壬午七月，溥儒。

（八）玉镜云中今夜满，琼楼天上此时寒。壬午八月，溥儒。

（九）芦花带月初闻雁，木叶惊风欲授衣。壬午九月，溥儒。

（十）烟浮暖翠窗前竹，雪破新红岭上梅。壬午十月，溥儒。

（十一）冰凝木落袁宏赋，建子荒村杜甫诗。壬午十一月，溥儒。

（十二）闭户不知王氏腊，藏钩犹见汉家风。壬午十二月，溥儒。

钤印：每对均具"溥儒""心畬""一朵红云"钤印三方。

藏印：每对具"钱今凡"藏印一方。

注：月令最早见载于《礼记》，初为官方记述夏历十二个月时令、祭祀、职务、法令等内容；后渐与民间习俗、对联结合，以时令花事或当月习俗为内容，成为一种特殊的月令对联。

　　溥心畬（1896 年 9 月 2 日—1963 年 11 月 18 日），满族，清恭亲王奕訢之孙，原名爱新觉罗·溥儒，初字仲衡，改字心畬，自号羲皇上人、西山逸士，著名书画家、收藏家。曾留学德国，笃嗜诗文、书画，皆有成就。画工山水，兼擅人物、花卉及书法，与张大千有"南张北溥"之誉，又与吴湖帆并称"南吴北溥"。

梧葉迎風冰井寒

荷花帶雨溪亭靜

榴花著雨濕紅妝

萱草迎風搖翠帶

飛盡楊花響杜鵑

飄殘梅雨迷蝴蝶

瓊樓天上此時寒

玉鏡雲中今夜滿

鴈帶新秋起岸蘆

蟬將殘暑依園柳

藏鈎猶見漢家風

開戶不知王氏臘

玉盤獻歲椒花頌

醴酒延齡柏葉尊

綠楊枝上纏消雪

紅杏梢頭早見春

芳樹笙歌酬令節

戊林觴詠叙幽情

蘆花帶月初開鴈

木葉驚風欲授衣

煙浮暖翠窗前竹

雪破新紅嶺上梅

冰凝木落意宏賦

建子荒村杜甫詩

一张意外的张大千

自古文人相轻，同行成恶，为女人反目成仇。我觉得这三点，我和张大千先生都有相似之处。

我也靠笔头子吃饭，从事市场营销凡二十几年。从旁观者的角度，我觉得张大千的很多故事能上微博热搜，他谙熟人情世故，写微信公众号也是十万加的牛作者。

第三点确实值得商榷，纯属个人感受。我总是觉得不同的人对同一事物的表达，不能光看表达的技巧和能力，还要看表露出来的审美取向。我对张大千的《仕女图》真是有不同观感，敷粉太重，有失清丽，华服簇拥，不素不朴，鼻子鹰钩，暗藏杀机，偶尔一瞥，不仅惊鸿，而且惊魂。

欣赏不了。老王和老张，同行不同路，因此不能爱屋及乌，遂将张大千的画作放到一边。

王某人看线更看脸，熟读《聊斋志异》，识得妖气。但各美其美，倒也相安无事。

某年，得王秋湄征集的画作一册。王秋湄乃沪上名士，与黄节、黄宾虹多年至交，也与张大千兄弟友善。

其笺纸蓝色花边，素雅简洁，非常独特。其中黄宾虹为其作《秋水伊人》，取"蒹葭苍苍，白露为霜。所谓伊人，在水一方"之意，暗合秋湄字义。

另《蒹葭怀旧图》更具深意，因两者旧友黄节于 1935 年 1 月 24 日去世。黄节号"蒹葭楼主"，著有《蒹葭楼诗》。三人是早在清末民初即已相识、相知的老友，所以黄宾虹作"蒹葭怀旧"赠王秋湄，有怀念故友之意。

两图布局疏旷清远，笔墨秀劲洒脱，淡然脱俗。

观看良久，再往后看，是一张《黄山云锦花》。此图取法明末清初著名画家陈洪绶工笔花鸟画，线条方折劲挺，设色古艳浓重，石青石绿明艳，朱砂红花铺面，意趣稚拙古雅，功力绝对精道，乃张大千所画。

王某人曰："既然无冤无仇，何来劫波渡尽之感？世界上总有很多人对面缘何不相识，夜半钟声到客船。"

如此一想，那些贵妇仕女倒也没那么凶了。

怪只怪自己没见过世面。

现在倒好，一个人留守余杭，独卧空床，来只老虎又何妨。

【黄宾虹《秋水伊人》】

尺寸：纵19厘米，横42厘米

装裱形制：册页

释文：秋水伊人。乙亥为秋斋先生属，宾虹写。

钤印：冰鸿（朱）

【黄宾虹《蒹葭怀旧图》】

尺寸：纵19厘米，横42厘米

装裱形制：册页

释文：蒹葭怀旧图。秋斋先生属粲，宾虹。

钤印：冰鸿（朱）

【张大千《黄山云锦花》】

尺寸：纵19厘米，横42厘米

装裱形制：册页

释文：黄山云锦花写就。秋斋道长教正。丙子夏，弟爰。

钤印：蜀客、张大千

　　张大千（1899年5月10日—1983年4月2日），四川内江人。原名正权，后改名爰，字季爰，号大千，别号大千居士、下里港人，斋名大风堂。中国近现代著名画家。

　　王秋湄（1884—1944），名薳，字秋湄，号秋斋，亦名君演、世仁，广东番禺人，清末至民国前期文人、书法家。

秋水伊人乙未秋為記先生雪牕寫

秋齋先生粲叟虹

黄山雪錦王雪蛀秋齋道長教正丙午冬十月

一分钱，看一本，看一生

村里向阳的地方，有卖瓜子的小货摊和蹲墙角抽烟的各色人等。往往边上会有人摆一个书摊，地上整整齐齐地摆两平米见方的书，墙上再拉几条细线，一本本地挂同样面积大小的书，书的封面对外，花花绿绿的，这些书就是连环画。

书是不卖的。任选任看，一分钱一本，你看两遍三遍都可以。我总能从家里的边边角角找到一分钱两分钱的，在那里一蹲就是半天。

这都是四十多年前的事情了。不识字之前看画，自己联想情节，晚上回家听刘兰芳讲《岳飞传》，相当于文字解读。

这样实际上在小学读完了四大名著，各种演义，什么一吕二赵三典韦，四关五马六张飞，杜十娘怒沉百宝箱，杨再兴战死小沙河，黑脸的李逵，美丽的花妖，可怕的画皮，三根毛的流浪记，熟悉得不能再熟悉。

然后就开始照着画，先是画各种兵器，画孙悟空，画猪八戒，画花草、战马。到了中学，突然世界变了，连环画的风格也开始变化，有电

【 贺友直《脚步声》】

创作时间：1982 年

尺寸：纵 19 厘米，横 9.5 厘米

【 贺友直《花小亦芬芳》】

尺寸：纵 23 厘米，横 17.5 厘米

释文：花小亦芬芳《连博》八周岁，友直画贺。

钤印：贺（朱）、友直（朱）

视版的那种，看着就觉得沉闷。而之前看的那些白描本，不知不觉已经积累了自己的审美取向。

读鲁迅的《从百草园到三味书屋》的时候，我就觉得挺有意思。我们的顽皮其实有甚于那群读四书五经的小孩，但如果不是考举人，从事专业的研究，或者成为一个大文豪，那我觉得，小学期间的连环画学习，知识储备足以达到文学历史双学位。

前几天我的一个女同事跟我聊天。

她说："老王，你知道你给我起过多少名字吗？""不是说你没文化，你就是文化的沙漠。你还补充了一句：'但凡小时候看几本连环画，这点东西也能糊弄过去啊。'"

从新加坡回来后，我继续写我那不靠谱的画论。我跟顾兄村言说："我写个连环画的吧，连环画启蒙了我们整整一个时代。"

其实之前看连环画，我是没有看版权页的习惯的。年岁稍长，才开始了解画画的人，他们的时代。但斯人纷纷凋零，时代却越来越快地变化。前者让人怀念，后者吉凶未卜。

我收藏的几件贺友直先生的小画，就是基于这种怀念。

他在一幅《济公》的画上题诗一首："鞋儿破，帽儿破，他的袈裟破。纸儿破，笔儿破，我的画儿破。"

懂得自嘲的人了解自己的时代更深，离自己的内心也更近。

鞋兒破
帽兒破
身上的袈裟破
你笑我
他笑我
一把扇兒破
南無
阿彌陀佛
鞋兒破
帽兒破
我的畫兒
破博眾聲
之笑第二樂

庚午七月浙東
蛟川阿光賀友直試筆

78

【贺友直《济公》】

尺寸：68.5 厘米，横 46 厘米

释文：鞋儿破，帽儿破，他的袈裟破。纸儿破，笔儿破，我的画儿破。

博家声老弟一乐。庚午七月，浙东蛟川阿秃贺友直戏笔。

钤印：友直（朱）、佛像印（白）

贺友直（1922 年 11 月—2016 年 3 月 16 日），出生于上海，浙江宁波北仑新碶西街人。著名连环画家、线描大师。贺友直从事连环画创作五十多年，曾任上海人民美术出版社编审，中国美术家协会第四届常务理事、连环画艺术委员会主任，上海市美术家协会第四届副主席，中国连环画研究会第二届副会长等职，享受国务院特殊津贴。

镇宅之宝——朱屺瞻的一张画

这篇文章我在之前给女儿的一本书里写过。我在澎湃专栏，陆陆续续写这些不靠谱的画论的时候，经常想起这篇文章。文章如下：

早些年，活得有些狼狈，直到碰上我爱人，心静了，有归属了。

这才是我的第一件藏品，跟当下的我紧密相关，并且直接决定家庭的未来。

我的家族很大，我把很多我该尽的责任，突然都托付给这个文静的小女孩。家族用钱、就业安排等需要处理的事层出不穷。而我往往就一句话：找孔老师。

有一天，她跟我说，家里没钱了。我倒是很惊讶。她一笔笔地给我算，我的脸慢慢层林浸染，霞霭蒸腾。她说："没事的。我小时候家里有一张画，实在不行就卖了，先把眼前的事解决了。"

这是一张朱屺瞻的画。后来我就把这张画挂在家里，其实我原本并不是很喜欢朱屺瞻的画。

　　只是我每次看到这张画，就想起来那晚她对我说的话。

　　一个人都会慢慢丰富起来，不管这个世界多么千丝万缕，千变万化，最终都会沉淀到自己的心灵里。这需要体味，需要珍惜，需要彼此之间的善待，需要面对困难，也会一起享受快乐。

　　最终成为一个对自己和对别人都诚恳的人，认认真真地表达自己内心的想法。

　　这不就是一张好画的基础吗？

【朱屺瞻《山水》】

尺寸：纵60厘米，横60厘米

装裱形制：镜片

释文：辛未冬月，屺瞻画于上海

　　朱屺瞻（1892年5月27日—1996年4月20日），江苏太仓人，八岁起临摹古画，中年时期两次东渡日本学习油画，20世纪50年代后主攻中国画，擅山水、花卉，尤精兰、竹、石。

那时粉丝真无敌——读《国色天香》

某年得一画，乃金城赠荀慧生精良作，兼有袁克文题赠。

细读金城自作诗："国色天香洵妙才，梨园菊部尽舆台。沉香亭北春风里，曾记霓裳按拍来。曾将姿态比环肥，倾国名花并世希。"

再读袁公子题跋："芙蓉阙下会千官，一朵能行白牡丹。回首可怜歌舞地，阳春一曲和皆难。风流三接令公香，百啭流莺绕建章。借问汉宫谁得似，夫容不及美人妆。"

真是一赞还比一赞高。

不多久，又得于非闇《青春永驻》一图，曰："青春永驻。慧生吾弟、伟君夫人双寿。非闇敬祝。"

真是恭恭敬敬认认真真。

画得真是好，题得太真诚。感情真真挚，活像小迷弟。

继续看钤印"老非、非闇、再生"，题识："自多买胭脂画牡丹以来，越感到今日牡丹之精神面貌难于捉摹。今作此图，既非向古人看齐，更不是绚烂之极复归平淡，不过变其法再作尝试耳。一九五七年作于北京，非闇并记。"

慢慢再探究，了不得。吴昌硕题"白也无敌"，取用杜甫"白也诗无敌"，这句尚好。

接下来杜月笙、黄金荣、张啸林等等轮番登场。"声望日宏""阳关三叠""玉润珠圆""生有凤慧"，真是赞声如潮。

有点赤裸裸地脱离开自己的真实水平，而赤裸裸表达自己的迷恋和喜爱。

明白了，这是粉丝对偶像的真爱。真爱无关斯文，表达就要露骨。

再如齐白石记述听梅兰芳《贵妃醉酒》，曰"闻其声悲壮凄清，乐极生感"，继之以诗："今日相逢闻此曲，他时君是李龟年。"

王某人曰："江山代有才人出，那时粉丝真无敌。至今留得余韵在，在那纤绳上荡悠悠啊，荡悠悠。"

现在只剩《纤夫的爱》了。也是真爱，不写诗了。

【金城《国色天香图》】

尺寸：纵 151 厘米，横 41 厘米

装裱形制：轴

释文：国色天香洵妙才，梨园菊部尽舆台。沉香亭北春风里，曾记霓裳按拍来。曾将姿态比环肥，倾国名花并世希。一自谪仙题咏后，拈酸从此到梅妃。一枝清艳想丰标，群玉山头雪未消。更似猩红添数点，芳名题作女儿娇。唐六如有女儿娇图，谓蜀中奇本也，正白楼子中泛大红数叶。癸亥双星渡河节后二日，吴兴金城为慧生画友作并题。

芙蓉阙下会千官，一朵能行白牡丹。回首可怜歌舞地，阳春一曲和皆难。风流三接令公香，百啭流莺绕建章。借问汉宫谁得似，夫容不及美人妆。癸亥七月，录林屋山人集唐赠慧生诗，即应正属。洹上寒云。（袁克文题）

钤印：金绍城私印、金拱北、东华旧史、克文私印、佩双印斋、藕湖南岸是侬家

鉴藏印：荀氏小留香馆珍藏印

85

满地都是陆俨少

前几年装修，选大理石石材的时候，特意多看了几遍陆俨少先生的画。

效果出奇地好。陆先生的山水气韵流动，浩淼生动。我的大理石纹路就是照着陆氏山水的特点买的。其实我很想买一张典型的陆氏山水，但一直没能如愿。原因无他，有预算的时候，钱都给黄宾虹了，轮到该买陆俨少的时候，没有预算了。

后来机缘巧合，我有了陆俨少的两幅白描人物，那线条之潇洒老练，完全不亚于他的陆氏山水。

画的是竹林七贤中的向秀和王戎。

我先对着向秀琢磨了很久，终于搞明白了，一切都是天意，一切都是命运最好的安排。

向秀注释的《庄子》，那是抬到一个前所未有的高度和新意的。他说，当我们把小麻雀和大鹏鸟当作一个落差巨大的对比对象的时候，其实是曲解了庄子的《逍遥游》，大鹏鸟和小麻雀都有本体的逍遥。如果满足了自己的本性，那么逍遥本身是没有任何差异的，犹如在金床上或木床上，睡着后的感觉都一样。从这个角度看，只要适合自己的本性而自我满足，那么其逍遥也是没有差别的。

是啊，向秀仿佛对我说："你不要老是觉得没有一张陆氏山水而遗憾，从本质上看，大理石上的山水和陆氏山水是一样的。"

说得真的太好了。说到我的逻辑自洽的核心问题了。

可是我又对着王戎看了很久，又突然明白了，现实是残酷的，真相是直接的。

王戎他是出了名的吝啬、会算计啊。你看看他天天跟老婆手执象牙算筹计算财产，白天算了晚上算，不就是说我把钱算来算去的，还是不够用，或者还是要先用在其他方面吗？

王某人曰："你那点小心思，陆俨少早就看穿了。"

【陆俨少《向秀像》《王戎像》】

尺寸：纵 34 厘米，横 133 厘米

装裱形制：镜片

释文（一）：王司徒　王戎善兴酒，与世同浮沉。既无謇谔志，尤多货殖心。俭啬不自奉，识鉴人所饮。王政日已废，鼎司徒何能。中远。濬仲任率真，丽畅得稽阮。虽无磊落姿，识见极精远。遭时方济乱，兴之同舒卷。安知鼎可荣，孰谓经典选。居优其毁瘠，饮酒食大肉。外视和侍郎，拘拘在表典。徐范。

钤印一：俨少　就新一老

释文（二）：向常侍　向秀清而惧，著书振玄风。非无箕山志，养高逃其纵。让园聊自给，偶锻复谁从。留多畔穗，怀旧意无穷，贤哉向常侍，远识人莫窥。少好漆园书，隐解发神奇，结交稽吕畴，生并才不羁。佐锻柳树阴，灌园山阳陲。恍惚异生死，怀旧感赋辞。寓悽惋披未起深悲。徐范。

钤印二：俨少　就新居

88

向常侍

向秀清而婉，著書振玄風，妙善莊老，其志養
怡然。嵇呂既殂，聊自給，偶鍛渡誰從，而自
懷惋傺言嘉難。

旺見於嵇呂傳，遠識人莫窺少妍。漆園書隱解，
奇綽文指定。時生益寡，雞伕鍜柳樹陰潘園六，
陰陵洗愧與死懷難威賦評。

寓情悅趣於此，主題僮。
徐瑞

王司徒

王戎善與酒淵，世同浮沈既無塞譚志尤多貨殖，
俗儉蓋不自奉識陸人而欲玉政曰，巳發雕司位何能。
中遠

潘仲幸真丽暢，得精阮雄云翳，姿識見趣達遠時
方濟記興亡。同舒卷安如，雕司宋敗禮精典逸，
居憂曰斷居修限食大病外視。

郎待郎約之生表與。
徐瑞

人生得意须三思

陆抑非先生的工笔，没得说。

2017 年是陆抑非先生去世二十周年，芸廷就在西湖边办了一个陆抑非作品展览。为了更好地展示他的艺术全貌，我的一个朋友还从陆先生家里，借来了他生前所用的笔墨砚台。其中一个笔筒里还插着一根长长的翎毛。

或许这就是他所说："我年轻时每逢作画，桌子总是堆满着画稿和素材。没有这些素材，没有这些生活的积累，我是画不出什么东西来的。这可以说我早年作画也是獭祭而成的。"

因此缘故，得知陆先生的家人在病床上写了一篇怀念父亲的长文，文章写得详尽，但因为篇幅太长苦于找不到地方发表，我便跟一个朋友说："一个城市，其实没多少艺术家的，你看我一个山东人，都这么喜欢他的画，你们连纪念文章都不发，说不过去啊。"

我的话说得夹枪带棒的。我的朋友不跟我计较，在版面紧张的情况下整版刊发了。我真想送他一箱二十年陈的茅台酒。

回到画上。

有一天，我跟我爱人一起看一张陆抑非临吕纪的《秋水群雀图》。这是一个传统题材。画面由三只鹭鸶，一只戴胜，还有一对白头翁构成，寓意三思得胜。

看了良久，我说我要四思。

我对我爱人说："你看，这是鹭鸶，这是白头翁，这是戴胜。"

这意味着什么呢？

她问我："这意味着什么呢？"

我说："就是想来想去，跟老婆在一起白头到老，才是人生赢家。"

其他都是白瞎。

话说回来，我微信的名字叫"仰非"，有朋友问我是不是很仰慕陆抑非的意思。这倒不是。

我四十岁的时候，我的老师问我："你年纪也不小了，有没有自己的字号啊？"

我说："感觉自己还年轻啊。"

我老师说："你爱人叫孔非，你不仰慕敬仰她你仰慕谁呢？你字仰非吧。你家三个女人，你不崇尚她们你崇尚谁，你号尚坤吧。"

从那个时候开始，我王某人终于过上了有自己字号的幸福生活。

【陆抑非临吕纪《秋
水群雀图》】

尺寸：纵 155 厘米，
　　　横 80 厘米
装裱形制：轴

一群小姑娘和她们弟弟

爱人怀孕的时候，我就把孩子的小名取好了。我心思细密，多起了几个。果然老成谋国，爱人带来了两个小女孩。

我说："大女儿叫多好，小女儿叫很好。这样你就是多好的妈妈和很好的妈妈。"

这个建议立即得到了批准。我心里想，其实这样我就是多好的爸爸和很好的爸爸。

从这之后，我每每看到画小女孩的画，就迈不动腿。周昌谷先生的小女孩，目光流动，恬静优美，浪漫唯美。确实是美啊，简直是照着我女儿画的。

买。

程十发先生也厉害啊，把金陵十二钗画了一遍还不过瘾，也画了一堆小女孩，而且经常一画就是姐妹俩。哎呦，你看她们脸上那两团腮红啊，读书那个认真啊，姐俩那个和谐啊，简直是照着我女儿画的。

买。

溥儒先生那是见过大世面的。小姑娘穿着洋气的小开衫，蹬着红色的小皮鞋，用一根丝一样的线，在春风里，把风筝放到嫦娥那里，吴刚捧来桂花酒，爸爸爱喝酒。

买。

家里一群小女孩。但妈妈一直想有个弟弟将来保护姐姐。我想这确实有道理，但是诸多原因，这个小男孩一直在计划中，后来到计划外了。

但该来的肯定还会来的。就在去年，一个穿着湖绿色袄，系着大红衣带，涂着胭脂粉红，留着花青刘海的小男孩从宋代穿越来了。因为穿越得太快，一跤摔倒在院子里的青苔上。

嫂溺援之以手，何况这么可爱的小男孩，我就把他抱回家了。

我跟爱人说："我把咱儿子弄好了，你来看看，真是好看啊。"

我说当时怀女儿的时候，我准备的名字还没用完，剩了一个"挺好"，他就叫"挺好"吧。

贵是贵了一点。但既然是一家人了，那就不要计较了。这小子也够有福气的，那么多姐姐宠他，还是让他多摔几跤，吃点苦头的好。

不然真被宠坏了。

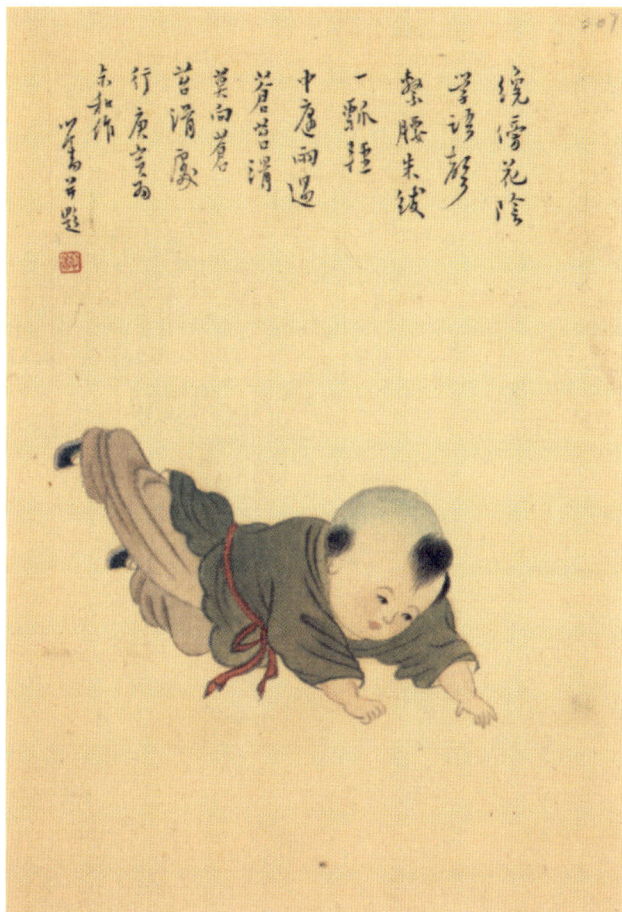

【溥儒《苍苔滑婴图》】

尺寸：纵 17.2 厘米，横
11.7 厘米

装帧形式：册页

释文：才傍花阴学语声，
系腰朱绂一瓢轻。
中庭雨过苍苔滑，
莫向苍苔滑处行。
庚寅（1950 年）
为卡和作，心畬
并题。

钤印：心畬

题签：溥西山先生苍苔
滑婴图。后学吴
平拜观并署。

钤印：吴平、堪白、
素心

看花

拈花惹草

今天早晨，我跟邱兵说："我空虚了。"

他说好好写"天使望故乡"吧。我拒绝了。

我问他："你知道美国梧桐、英国梧桐和法国梧桐的区别吗？"

他说："不知道。"

很多人都不知道，悬铃木分一球、二球、三球，这就是上述三者的区别。

我们对身边的美已经忽略到熟视无睹的状态了，我想中医现在被西医"欺负"，跟这种粗糙的生活关系很大，没人关心身边的花花草草，李时珍好几百年没出来了，蝇营狗苟的人口比例倒上升了。

我就问薛龙春老师："您帮我写个名字吧，写得不要特别好，比宋徽宗强一点，比王羲之差一点，介乎两者之间就行了。"

这部分名叫"拈花惹草"。

我说："该给拈花惹草正名平反了。如果我们热爱自然，就应该亲近各种草木。"

他说："得像孙过庭说的，'取会风骚之意'。"

薛老师就是有文化，他用拈花惹草把风骚也平反了。

这名写完之后我就没理由偷懒了。

这部分将选取芸廷收藏书画里的花鸟虫鱼，或长或短的，讲讲花草的美好。

2023 年 11 月 10 日

萱草

　　我们老家的萱草花，直接叫黄花。单瓣，通体黄得柔和，花冠大，无斑点，枝干挺拔，近闻有果香。

　　她们在五六月间开花，随意地点缀山野，好看得很。

　　有一年，我一堂哥突然挖到一丛白色的野百合，视若宝贝。它植株矮小，花呈梨花白，点缀着小小的芝麻粒斑点。我就想，哎呦，还有这种俏俏的小麻子亲戚啊。

　　村里人很少去采摘这种黄花，虽然都知道黄花可以食用，都知道"黄花菜都要凉了"的话，而且我们在槐花开的时候，会用它来包包子，榆钱开花的时候，用它来做各种杂合面的食物；但黄花，享受家乡对待燕子和喜鹊一样的待遇，人们就是不去伤害她们。

　　是故人会来，同一个屋檐下；是喜上眉梢，恭喜平安。

　　我们没把她当盘菜。

　　我想起来黄宾虹的一幅《萱草图》，老人家真是挑战我们的想象。

他画的每朵花都那么矫健、灵动、鲜活，画的都是她们最刚健婀娜的状态。

可惜宾虹先生的每幅花，我都看不准画的是什么。除了萱草，我没有一张看得出来是什么花。有一张花卉，花瓣上有一个振翅的、逾一厘米大的蜜蜂还是苍蝇的，我也没看出来。

画萱草的还有吴湖帆，他有一张很好的《萱堂春永》，给妈妈祝寿用的，画得真是精致、绵密、好看，但是他忘记画山谷里的风和山谷里的梦了。

一个画的是花，一个画的也是花。没有谁好谁坏。

山里面好看的花还有石竹花，颜色艳丽逼人。小学的时候，我们学生都有任务——挖草药——贴补学校的费用，石竹花就是我们常挖的其中之一。

我就往往逃掉了。我不舍得采摘这样的花朵，我宁可给学校摘五十公斤松果。这都是被李时珍"害"的，他几乎把每朵花都备注了各个位置的疗效，搞得一朵花跟一头浑身都是宝的猪一样。

各美其美吧。

拉杂想起这些，突然拼出几句话：忘情水，孟婆汤，断肠草，无忧花。

黄花也叫忘忧草，我更想叫她无忧花，对母亲有很好的纪念。石竹花也是。

【黄宾虹《黄山异卉图》（芸廷收藏）】

尺寸：纵 89 厘米，横 31.5 厘米

装裱形制：轴

释文：黄山异卉，有宝蕨花、蔚蓝鞠，余喜为之写照。八十八叟，宾虹辛卯。

钤印：黄宾虹印

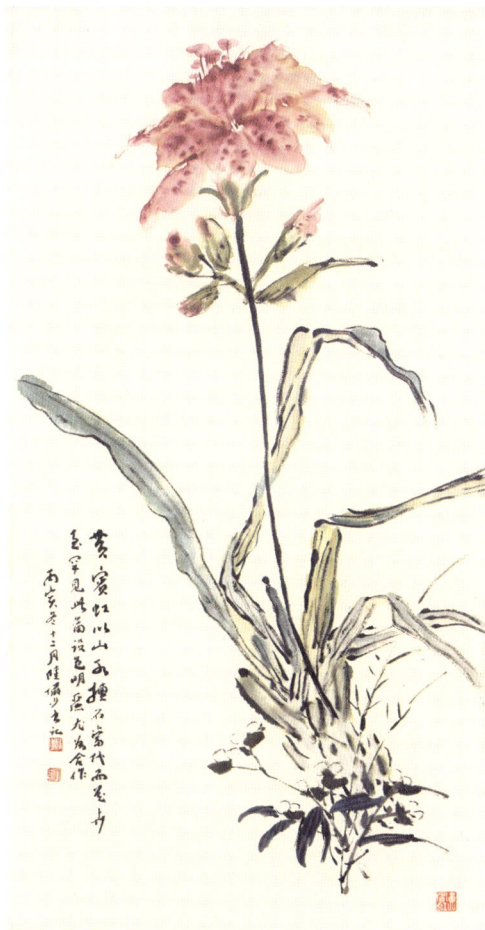

【黄宾虹《春艳》（芸廷收藏）】

尺寸：纵 74 厘米，横 38 厘米

装裱形制：镜片

释文：黄宾虹以山水擅名当代，而花卉至罕见，此图设色明丽，尤为合作。丙寅冬十二月，陆俨少书记。

钤印：黄宾虹（白）、俨少（白）、宛若（朱）

桃

"人间四月芳菲尽，山寺桃花始盛开。"

春天一到，桃花就开了。其实最早开的是沙果花，但是桃花开得热烈，沙果花一闪而过。

我经常早早上山，很晚下山，我爬到一座山顶，看漫山的花。

从上往下看整个山坳，横空跳出来的红，是桃花；兼红带白的，是苹果花；粉白晕染的，是杏花；素洁羞懦的，是梨花。

像大观园一样。

那个时候土壤都是松弛温软的。

种瓜得瓜，种豆得豆，而在果树里不是这样的。沙果树的命运是被用来嫁接苹果树；就连桃树也一样，桃苗种下了，不是就能结出美好的桃子，等它长到拇指粗细了，可以劈开的时候，就被嫁接成各类桃树的品种。

有硕大的血桃，淋漓逼人；有黄桃，救醉后之人；有蟠桃，一年一熟，王母娘娘没看过；有雪桃，露霜寒雪，清爽宜人。

乡里谚语曰："桃养人，杏伤人，李子树下埋死人。"

说的就是桃子的好处。再譬如桃之夭夭，是她热烈的性格和奔放的姿态，宜室宜家，说的就是她既能照顾家，又能生好多娃。

可我最爱毛桃，就是那些山窝深处没被嫁接过的桃子。

她们李子大小，无人问津。我经常爬过一座山才能找到她们。

那是真正的桃子的滋味，有中药一样的味道。你说是香吧，也可以说是苦；你说是苦吧，自然的香又那么浓烈。

她们是完整的生命。

我喜欢《聊斋志异》，但对《偷桃》那一篇不感兴趣。

杂技人用尽各种手段，让所有人都在仰望，把所有人的情绪都调动起来了，都在想象天上的仙桃，都在惊叹偷桃人的手段。特别像鲁迅笔下被拎起来的鸭子。

热闹一场，却忘了最美的滋味在我，最美味的桃子不是遥不可及，而是无人问津的毛桃。

我同样不喜欢《聊斋志异》里《种梨》那一篇。种梨本不易，何苦要因一梨，散人家一年收成，毁人家赖生工具，逞自己一时之强，留人家一片笑话。

此道人，非真道人。

王某人曰："你们看到的美好，有多少是被嫁接的命运啊。"

【陆抑非《寿桃》（芸廷收藏）】

尺寸：纵105厘米，横52厘米

装裱形制：镜片

释文：灼灼桃之华，頯颜如中
　　　酒。一开三千年，结实
　　　大于斗。庚申夏日晴窗，
　　　陆抑非沉疴初愈。

钤印：非翁、稣叟

石榴

石榴是红玛瑙和冰种水晶的合体。

"五月榴花照眼明，枝间时见子初成。"我家的石榴就是这样的。

石榴花开的时候，她的花瓣就是果实。不像是绽放的，倒像是炸裂的。厚重繁复，艳红一片。开花的时候就像石榴，成熟了之后倒像是明艳无比的花。

鲁迅说他们家院子里有两棵树，一棵是枣树，一棵还是枣树。其实很多院子里，一棵是石榴，一棵未必是枣树。思想一深刻，结论就可能武断。

我很少吃石榴，但经常给女儿带两颗石榴。她们稚嫩干净的手指，才最适合剥那些水晶玛瑙一样、密实的籽实。

一粒粒剥出来，找一个素洁的碟子，装好。瞥眼看着她们，她们开心，石榴开心，美得安安静静，一派天成，各美其美，美到一派。

这不就是"五月榴花照眼明，枝间时见子初成"吗？

我家有两棵石榴。一棵是年轻的石榴树，一棵是百年的石榴树。每次开花的时候，我和女儿都会看石榴花，等待大石榴成熟。

等到石榴长大了，慢慢笑意忍不住了，要咧开嘴了，要露出里面的玛瑙红和水晶冰的时候，喜鹊就来了，松鼠就来了，石榴就被啄空了，石榴就被咬落了。

我就很心疼。又不是不给你们吃，等她完全成熟了，再一起吃更好啊。因为信任，所以简单，这句话就是孩子妈妈写的啊！

顿时感到喜鹊也不值得信任了，太复杂了。石榴有硬硬的尖刺，从来就没有扎过你们；我们眼睁睁地看你们在啄我们家的石榴，从来也没赶过你们。

爱美之心，大家是一样的。

吃石榴很快乐，看她花开了，看她一点点长大起来，也是一样的。

那些鸟啊松鼠啊，有点耐心好不好？每年都这样，别怪我说你们。

明明家里有两棵石榴树，搞得我每次都要在外面买石榴。来吧，一起读一遍妈妈的话：

"因为信任，所以简单。"

事关价值观，不算小事，你们自己考虑啊。

【江寒汀《石榴双翠》】

尺寸：纵 69 厘米，
横 42 厘米

装裱形制：镜片

释文：寒汀。

钤印：寒汀所作

枇杷

我一直觉得樱桃是最好看的水果。你看齐白石给人画了樱桃，还不忘题上"若教点上佳人口，言事言情总断魂"。这老哥们就该八旬得子，夸美人夸得实在到位。

其实枇杷也不逊色，饱满，金黄，富态。

我的女儿最会剥枇杷。她们用牙签围着枇杷转一圈，很快，一只饱含汁水的枇杷就完整地展现出来了。枇杷最宜女儿手，齐白石的樱桃稍有夸张的成分，但女儿剥枇杷绝对是艺术，女儿的小手比齐白石的白也白多了。

每个艺术家，都有自己的艺术表现形式。

就拿昨天来说吧。

这几天，樱桃和枇杷都上市了，朋友来我家，我就端上一盘樱桃和一盘枇杷。然后我惊呆了，这位艺术家一口吃下几个樱桃，随即拿起一颗枇杷，连皮吃完，然后把核和皮一起吐出来。

这个朋友是在嘴巴里面剥枇杷的。

这动作之流畅连贯，大开大合，大俗大雅，吃出了天真，吃出了童趣，吃出了热火朝天，吃出了物我两忘，吃出梁山一百零八将的气魄。

我这朋友是研究王铎的高手高手高高手。

他跟我讲王铎书法艺术的美，讲他草书的心手两畅，讲他运笔的疾速顿挫，讲他乐在其中的享受，讲的语速跟王铎运笔一样迅捷，眉毛飞扬，大有飞白的灵韵。

我昨天终于从这场枇杷宴中，略微懂得了王铎草书的一点皮毛。

我说："薛老师啊，我再给您来一个西瓜吧。"

西瓜的皮又厚又硬，啃起来那最过瘾了。

越一日，以小文示薛老师，总觉有点油滑轻佻之意。

薛老师答曰："我毫无意见。"

我想了想说："要不我把薛老师改成周老师，他的瓜更大啊。"

周老师最爱八大，八大的瓜，比金子还贵。

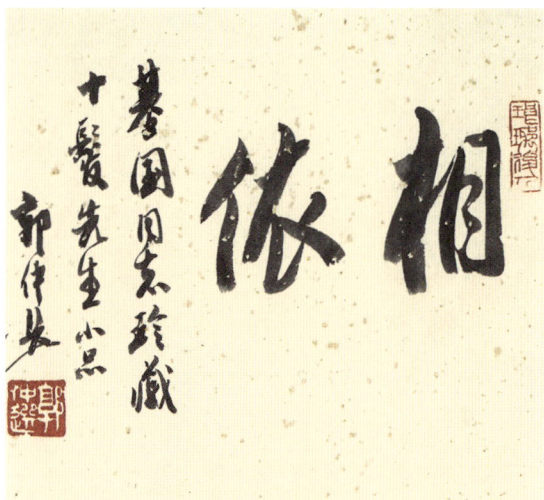

【程十发《相依》】

尺寸：纵 31 厘米，横 24 厘米

装裱形制：轴

释文：相依。基国同志珍藏十发
　　　先生小品，郭仲选。
　　　壬子初夏，基国属程十发
　　　写于上海。

钤印：郭仲选、琅琊后人
　　　云间十发

牡丹

牡丹比不了荷花，可远观也可亵玩。大家耳熟能详，比如"牛嚼牡丹"，比如"牡丹花下死，做鬼也风流"，武则天让她什么时候开，她还就那个时候开。

我想这大概跟国色天香、花中之王有关。"花开花落二十日，一城之人皆若狂""唯有牡丹真国色，花开时节动京城"，偏偏她确实富贵雍容、热情奔放，不像空谷幽兰，冷艳逼人，牡丹满足了所有丰富的想象。

你看，"云想衣裳花想容，春风拂槛露华浓""一枝红艳露凝香，云雨巫山枉断肠"，能跟天下第一名花搭上关系，八杆子都要打得着。就连苔花也能振振有词，"苔花如米小，也学牡丹开"，真是插播广告，最佳贴片。

大红牡丹的棉袄，巩俐穿过，章子怡穿过；大红牡丹的被褥，估计十四亿人都盖过，盖的暖和，盖上就觉得踏实，富足，温暖，加速繁衍下一代。

【于非闇《青春永驻》】

尺寸：纵 96.5 厘米，横 62.5 厘米

装裱形制：镜片

释文：自多买胭脂画牡丹以来，越感到今日牡丹之精神面貌难于捉摹。今作
此图，既非向古人看齐，更不是绚烂之极复归平淡，不过变其法再作
尝试耳。一九五七年作于北京，非闇并记。

青春永驻。慧生吾弟、伟君夫人双寿。非闇敬祝。

钤印：非闇、再生、老非

青春永駐

慈生善美麗壽
偉君夫人麗壽

悲闇敬祝

自多買胭脂盡牡丹以來越感到今日牡丹
之精神氣貌難怪越蓁令你以圖阮非向古人
看齊要不是走絢爛之極破婦干淡不過變其法
耳作嘗試耳

一九七七年作於北京悲闇并記

天下第一不好当。

我在济南的时候去趵突泉，觉得天下第一泉也不过如此尔。但是我到杭州，看虎跑泉就不一样了。"天下第三泉"，怎么看都比第一不差，还这么谦逊，低调，不张扬，内心都为它打抱不平。有句话说得好："一般一般，天下第三。"第三好啊。

俞樾说自己"海内翰林第二"，我觉得也未必靠得牢。

就在刚才，我一个朋友发给我早期他写的一篇文章，颇有怀念理想主义张扬时代的味道。他说，树欲静而风不止。其实风还是风，树还是树。

今天是感恩节，突然想起牡丹。我感谢她用天下第一的实力，替这些天下第二第三第四第一百九十八倒数第一的争光长脸，毫无怨言。

希望天下第一越来越多。

我其实也很怀念过去。

荔枝

品牌代言人很重要，荔枝的代言人是杨贵妃。"一骑红尘妃子笑，无人知是荔枝来。"文案是大诗人杜牧写的，不火才怪。

我第一次吃到传说中的荔枝是在 1997 年，陪领导团拜。荔枝红殷殷的，好像临时用水洒过。我的座位在边角，也放了一盘，以示"官民平等"，一视同仁；对我则正中下怀，皆大欢喜。

第一颗荔枝入口，挺失望；一股水的味道，而且是那种洗脚水的味道。第二颗我剥开，不急入口，仔细端详，大为惊讶。果肉饱满白净，凝脂润滑，隐隐可以看透，但又紧致纯澈，介乎透与不透之间。果然杨贵妃，Q 弹肥白美。

真不好吃跟真好看硬生生结合了。

白居易云："若离本枝，一日色变，三日味变。"确实如此，不怪荔枝，怪自己的马不多不快，怪自己北方人士。现在吃到的荔枝，就越来越好吃，越来越新鲜，越来越杨贵妃了。

荔枝没变，时代变了，驿马变成飞机，天堑已成通途。

"旧时王谢堂前燕，飞入寻常百姓家。"内心不觉感慨，身在福中不知福，唐明皇没有用过互联网，杨贵妃也没吃过西红柿，否则吃完荔枝再吃西红柿，那就是白里透红，美上加美，历史都可能重写的。

曾因酒醉鞭名马，英雄总是坑美人。

有段时间，女儿特别迷恋剥蛋皮。她们买来各种小镊子，先从草莓开始，一粒粒地把草莓籽全部挑出来。后来开始剥生鸽子蛋，后来又开始剥生鸡蛋，秉心静气，微雕一样，把蛋壳一点点剥去，薄膜丝毫不损，有时候剥成功了，就喊我去看。

剥好的蛋，安安静静，透彻温润，阳光照进来，可以通过眼前的世界，看到外面的整个世界。

唉，刚刚觉得自己可以吃上新鲜的荔枝，才发现最好的荔枝在我家，而且还是女儿亲手剥的。

人啊，总是追求更好的东西，却总是忘了最好的东西，它可能就在身边。

一时间有了离之之感。

【丁辅之《深红浅翠斗妍姿》】

创作时间：1939 年

尺寸：纵 18 厘米，横 50 厘米

装裱形制：扇面

释文：马乳垂垂熟，骊珠颗颗圆。己卯夏六月，镜塘仁兄雅正，
鹤庐丁辅之写于海上，时年六十一。
西北蒲萄南荔支，深红浅翠斗妍姿。于今处处都沦陷，忧
思难忘入画时。鹤庐居士越日又题。

钤印：丁辅之、泉塘人

荷花

初到杭州的时候，看当地的《都市快报》，头版赫然整版："西湖第一朵荷花开了。"

心里顿时明白了，杭州整座城市的人们，对荷花的爱和期待。那一夜应该满城的人都在等待荷花盛开。

瞬间满湖新荷就"接天莲叶无穷碧，映日荷花别样红"了。

我找不出荷花有什么缺点。盛名之下，相当符合。北方也有同样盛名的牡丹，但没有一座城市静静地等着今年的第一朵牡丹花开。

倒是有一首传唱很久的、激情昂扬的《牡丹之歌》，让我意见很大。你们听：

啊，牡丹

啊，牡丹

你把美丽带给人间

真以为牡丹不睡午觉了；真以为牡丹耳背了。当然还有一句特别讨厌的话："牡丹花下死，做鬼也风流。"这真是碰瓷，栽赃，耍流氓，做做花肥就差不多了。

我家里也种了几片荷花，莲蓬要熟的时候，女儿就会挽起裤脚，走到池塘里采莲蓬。

我在边上看着她们，就想起"江南可采莲，莲叶何田田。鱼戏莲叶间，鱼戏莲叶东，鱼戏莲叶西，鱼戏莲叶南，鱼戏莲叶北"。

这是明快的、清新的、充满无穷想象的，又是安静和美好的。

周敦颐的《爱莲说》很出名：

　　水陆草木之花，可爱者甚蕃。晋陶渊明独爱菊。自李唐来，世人甚爱牡丹。予独爱莲之出淤泥而不染，濯清涟而不妖，中通外直，不蔓不枝，香远益清，亭亭净植，可远观而不可亵玩焉。

　　予谓菊，花之隐逸者也；牡丹，花之富贵者也；莲，花之君子者也。噫！菊之爱，陶之后鲜有闻。莲之爱，同予者何人？牡丹之爱，宜乎众矣！

其实周敦颐还是有点孤芳自赏，对于荷花的喜爱，除了他还有我，起码还有杭州满城人。

【吴湖帆《红荷图》】

尺寸：纵 23 厘米，横 51.5 厘米

装裱形制：扇面

释文：拥红妆，翻翠盖，花影暗南浦。高竹屋词。

永丞先生雅正，戊寅七月六日，吴湖帆。

钤印：吴湖帆、闹红一舸、不使人间觞孽钱

狗尾巴草

象形文字，应该来自于对外在事物的图像描绘，所以中国人是从画画学写字的。

中国人都是大画家。画得好的叫王冕，画得不好的叫王帅。画了一辈子也没画出名堂的，叫张三和李四。因为张三和李四这两个勤奋的家伙，可以代表绝大部分人。

起点一样，结果差异而已，都代表了我们的勤奋和智慧。

中国人起名字，也受象形文字的影响，雅致讲究的学问很大，但是最生动形象的，应该是绰号。绰号就是最直接的象形文字，比方说二麻子、水蛇腰、豆腐西施。

跳开人类不谈，我们说说植物，典型的就是狗尾巴草。毫无疑问，这名字是一个养狗的人起的，否则叫猫尾巴草、马尾巴草、松鼠尾巴草，也说得过去。

我走在路上，经常拔起一根狗尾巴草，叼在嘴里，感受那清新的汁液的味道，一点点地咬着，咬完一根，再拔一根。狗尾巴草可以喂鸡喂鸭，也可以被一个人随意叼着，像羽毛笔，让人琢磨着李杜文章、托尔斯泰、战争与和平。

狗尾巴草最美的时候是在早晨，或者阳光照耀的时候。白露为霜，美吧？当然，想想就美。但是早晨的狗尾巴草，上面挂满晶莹的露水，如果朝阳透过去，每根纤毛，都跟你的思维相通，都是安静的灵魂，都是干干净净，都是能剔透地看到暖暖的皮肤，都是女孩手臂上最美的细细的绒毛。

我挺佩服起狗尾巴草这个名字的人的。他一定是个大画家，白描圣手，吴道子的水平。

譬如兰花，譬如白玉兰，譬如辛夷，譬如月季，那联想的张力和强度，都要二次加工的。

我在写这篇文章的时候，想到有一些早起的人已经开始在田野散步，就是早晨这个时候，是看狗尾巴草最美的时候，安静得一塌糊涂，美得无法言说。

至于拔一根狗尾巴草叼在嘴里，我以为午后最佳，嘴巴里还有太阳的微暖。

不信你随时可以试试。

试玩后你就会觉得这是最好的名字，最好的是在你身边的。

【 老树《野草册》之一 】

尺寸：纵 30 厘米，横 24 厘米
装裱形制：册页
钤印：老树印信

佛手

佛手，芸香科柑橘属，样子实在有点怪怪的。

但是跟佛有关，就高贵了，就吉祥了，大家就都喜欢了，闻一闻，心里更踏实了。

百年修得同船渡，太难了。而佛手在室，佛手在手，两手紧扣，安能辨我成佛否。

这跟蝙蝠有点像。你看，蝙蝠蝙蝠，有福来仪；蝙蝠蝙蝠，福从天降。

蝙蝠，我小的时候抓来玩过。暖暖的，光秃秃、皱巴巴的，像小老鼠一样。

再说名满天下的唐僧肉，一路走来，十万八千里，妖魔多少神通，女儿国多少销魂，白骨精多少执着，盘丝洞多少美女如云也没奈何，谁都没有尝过，反误了卿卿性命。

但在我们老家，吃吃"唐僧肉"就很平常。我们把蜕壳前的知了取名叫作金蝉子，随时可以炸一盘，尝尝"唐僧肉"的味道。

健身强体，长生不老的感觉。

我家里有一棵"金弹子"（柿子树），小柿子一样挂了满树，很漂亮。女儿回来后，早晨就领我去吃柿子。我说："你不怕中毒啊。"

她们说昨晚她们已经摘来吃过了。

而且它其实就是个柿子，爸爸还把它当"人参果"一样珍贵呢！

吃完"人参果"，她们就趴在地上做火漆。我说："你们隔壁就是玩这个的高手，爸爸有西泠八家的好东西，你们要不要去看看真迹啊？"

她们说："爸爸，你去一边玩吧，我们正在玩真迹。"

庄子说"物物而不物于物"就这么回事吧。

我立刻觉得眼前是两个俊俏的"小庄子"。

她们对面的爸爸，俗称"老子"。

他就是一个老头子啊。

【老树《瓜果图卷》之佛手】

尺寸：纵 15 厘米，横 400 厘米

装裱形制：手卷

释文：佛本无相，何来佛手？空以名立，子虚乌有。

钤印：霜降

佛本十二無

相何來

佛手空

以名之子

靈鳥有

白菜

　　阿里巴巴公司倡导小而美的理念，追求价值所在而警惕规模。我们村的白菜与之相反，最是求大才好，大白菜就是高大肥美白，是蔬菜界的扛把子，大号模特，饱满结实。

　　橘生淮南则为橘，生于淮北则为枳，叶徒相似，其实味不同。这句话虽然不是绝对正确，但实际原因大致如此。

　　我们村的认识不仅仅决定了我内心对白菜的选择标准，而且也影响了我人生的审美取向。

　　什么是好的大白菜，有两个标准可以参照。一个是台北故宫博物院的翠玉白菜，但缺点有二：第一当然是太贵了；再则是绿叶嫌多，影响菜心的结实和饱满。剩下一个标准是齐白石的白菜，优点在于老人家对白菜的理解："牡丹为花之王，荔枝为果之先，独不论白菜为菜之王，何也？"

　　种好一颗大白菜不容易，最累的是给大白菜浇水。菜畦很深，每次浇水，水要与菜畦持平才好，这样才可以保障白菜的汁液饱满。我家的白菜，浇一遍，我起码要挑三十担水。有一次偷懒，我挑了三担水，把菜畦均匀地打湿了，第二天大白菜立即发蔫了。

大白菜不好糊弄啊。同理，好的大白菜绝对不是糊弄出来的。

这一切到了南方就不一样了。到了南方的大白菜，成了小白菜心，捏上去暄暄的。这跟山东完全不一样了。大白菜成了小白菜，大蒜成了蒜苗，大葱成了香葱。

我们山东的大葱，比如章丘的，堪比女排姑娘，尤其葱白，像大腿长在胸上。而南方的市场，买一把小香葱，好像抓了一把韭菜，几乎没有葱白。

这个问题很严重，这不是味道的问题，这是人生幸福的问题，我们那里的俗话说："吃葱白，找个白白胖胖的老婆；吃葱叶，找个黑黑瘦瘦的老婆。"

山东大妞和江南的小家碧玉，很难说跟这些食材的不同没关系。

有一年春节，我带女儿回家看爷爷。我直接拿出两颗大白菜，剥到最后的嫩黄嫩黄的菜心，递给女儿吃。女儿迟疑地吃完，说这是最好吃的水果，真甜啊。

女儿毕竟是识货的。

我有一个朋友，同样客居杭州，每每在文章结尾写上客居西溪的话，以表游子心态、客居之孤单。我心里就有点不以为然。他是江苏人，现在哪个电商平台不是江浙沪包邮啊，他回家很方便。

而我此身如寄，自费。

【唐云《圃园滋味》】

尺寸：纵 18 厘米，横 49 厘米

装裱形制：扇面

释文：一锄收拾风云事，老去英雄正闭

　　　门。大石居士唐云。

钤印：大石、肖形印

【齐白石《蔬香图》】

尺寸：纵 118 厘米，横 18.6 厘米

装裱形制：镜片

释文：杏子坞老民一日得高丽旧纸，
　　　喜画蔬香图试之。

钤印：白石翁

怀
人

.

人在船上，船在水上，水在无尽上
——浅谈流沙河、周梦蝶

　　流沙河先生去世前几年，我曾托朋友求字。老先生问上款写什么，我说写读者王帅就好。

　　不几天，书法寄到了，写的是蔡襄的《南剑州芋阳铺见腊月桃花》："可笑夭桃耐雪风，山家墙外见疏红。为君持酒一相向，生意虽殊寂寞同。"上款写了"王帅先生"。所书透满百折不回的阳刚气，甚至是不合时宜。

　　人这个东西啊，喜欢一个东西未必是成就这一单维度。流沙河先生对我影响极大，他的诗歌最好的当属《故园六咏》，笑中带泪，首首俱佳。

　　爸爸变了棚中牛，
　　今日又变家中马。

【流沙河书蔡襄诗】

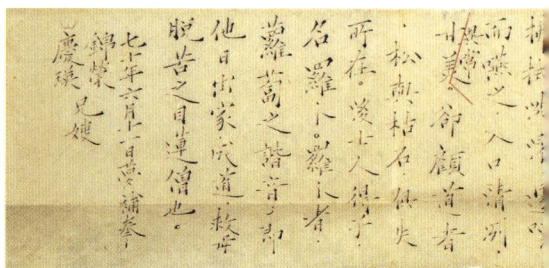

笑跪床上四蹄爬，
乖乖儿，快来骑马马！
爸爸驮你打游击，
你说好耍不好耍，
小小屋中有自由，
门一关，就是家天下。

开门之后，他就去研究飞蝶，解读汉字，注释《诗经》了。譬如"桃之夭夭……宜其室家"，就翻译成：这个女孩屁股大，能生娃来能顾家。有趣。

但他对我最大的影响是对台湾诗人的推荐，尤其是《台湾诗人十二家》，因此我认识了周梦蝶、郑愁予、洛夫、余光中等。这本书我中学时就可以背诵整本。

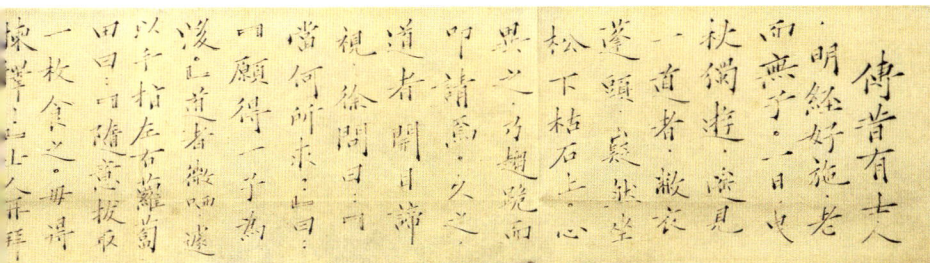

【周梦蝶书《目莲僧故事》】

尺寸：纵 10 厘米，横 60.5 厘米

装裱形制：镜心

释文：（文略）七十年六月十一日，梦补奉锦荣、庆瑛兄嫂。

周梦蝶简直是台湾的风景，长衫，书摊，自与天地往来。后来得周梦蝶书佛典故事，大喜。所书内容为佛经目莲救母之缘起，有士人老而无子，遇道者，令其取一萝卜食，后果得一子，即为其后救母脱苦之目莲僧。

字如其人，节奏铿锵中透出空灵，如空谷足音。有人说是瘦金体，大谬。

读其诗，亦如是。

"人在船上，船在水上，水在无尽上，无尽在，无尽在我刹那生灭的悲喜上。"

余光中我也喜欢，但对意向精巧的追求，有些过。

棉田上的红日

红日初升的时候，陈梦家暗自庆幸：他不必去炎热的棉田里干活了。农场领导已经批准他每天可以用半天的时间写剧本，而且计入工时。宿舍里其他人已经出工了，陈梦家可以享受一上午独处的安静。

在一页红格稿纸上，陈梦家开始编写剧本《红日》的开场：

> 1946年深秋的一天，在苏北涟水城外的一个小村子里，几个又累又饿的解放军战士走进村民胡老爹的家里，想要休息一会儿。胡老爹指着炕桌上仅剩下的一碗山芋茶（清水煮红薯），抱歉地和战士们说："家里人都走了，没人帮你们做饭，也没有什么给你们吃。"

写到这里的陈梦家，一定很饿。

棉花

陈梦家不可能不饿，这里是 1959 年的河南农村，三年困难时期的重灾区，他周围的每个人都在挨饿。

陈梦家是头一年的 12 月来到这里——河南洛阳白马寺镇十里铺村植棉场的。在这片一望无际的棉花地里，他要劳动满一年，作为对他此前"右派"言行的反省和惩戒。

豫西自古并非棉花产地，但 20 世纪 50 年代后，在"爱国家、种棉花"口号的感召下，这里魔术般地被开垦出大片大片的棉田。陈梦家从未想到他对汉字改革的几点不同意见会把自己送到这片棉田里。

对于脚下的中原大地，陈梦家并不陌生。从这里向东北走不到三百公里，就是安阳殷墟遗址。他曾两次前往殷墟实地考察，并以这批资料完成了其考古学巨著《殷虚卜辞综述》。而今天，他在这片土地上的劳作已经不是寻找甲骨，而是种植棉花。

枯燥而繁重的田间作业在考验着陈梦家的身体和意志。棉花地里总是有干不完的活儿：冬天揪干桃能把指甲揪出血，而春天蹲在苗床里打营养钵，又能活活把人的腰累折。陈梦家咬着牙熬过一天又一天，数着回家的日子。

身体上的劳累还在其次，让陈梦家更难忍受的是精神上的孤寂。放工之后只要有时间，他都要给在北京的妻子赵萝蕤写信。他知道此时妻子的境况并不比自己好多少，在一次次疾风暴雨般的政治运动之后，这位当年燕京大学的"校花"已经患上严重的精神分裂症。

1958 年 3 月 9 日，在下放到植棉场近三个月后，陈梦家写信宽慰妻

【陈梦家创作的豫剧《红日》手稿（略影）】

单页尺寸：纵 21 厘米，横 15 厘米

质地：钢笔纸本

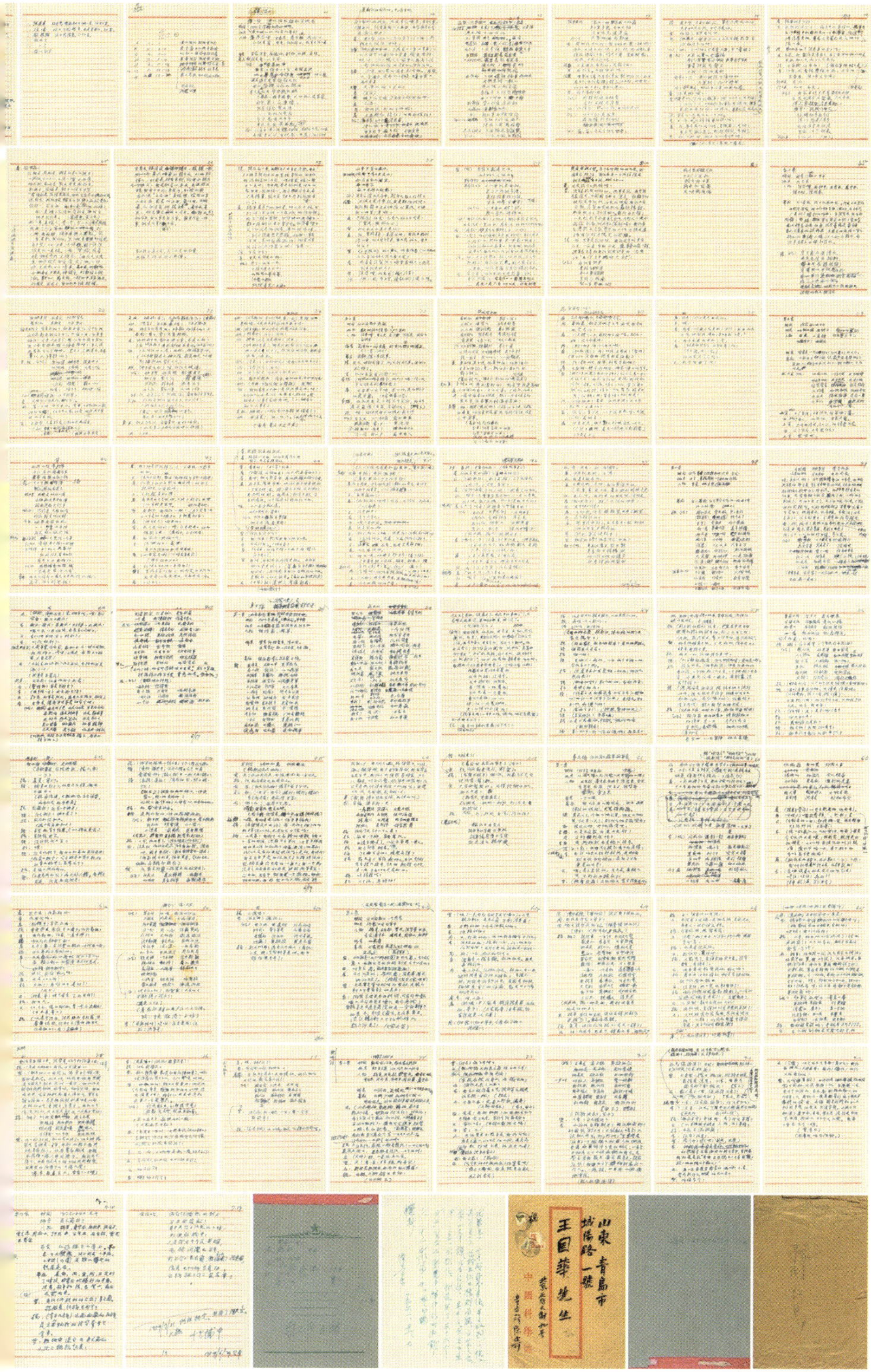
山東 青島市
城陽路一號
王國華 先生

子："你昨日打了一针，是否已有进步？盼望没有事了。还是多休息几天。凡事不可过分紧张，过分求全，过分生气，如此对身体才好。我的性急毛病也好了一些，有些事要看开点、马虎点。我们必须活下去，然必得把心放宽一些。"

就在陈梦家和妻子共勉着"看开点、马虎点"，决心"必须活下去"的时候，一件意外的事情却闯进了他枯燥的下放生活。

豫剧

在物质食粮极度匮乏的那个年代，精神食粮却意外地丰富起来，在被饥馑折磨的广大乡村，"新民歌运动"和地方戏剧蓬勃而起，遍地开花。

陈梦家所在的白马寺镇十里铺村，也经常能看到农村业余剧团巡回演出的豫剧。这对于陈梦家这个豫剧迷来说，无疑是件天降的幸事。

几年前，一个偶然的机会，陈梦家在北京吉祥剧院观看了一场河北曲周县豫剧团表演的《三拂袖》，从此迷恋上这种地方戏剧。那段时间他在《人民日报·副刊》上先后发表了三篇有关豫剧的评论，认为豫剧"好听好看、情节有趣"，胜过文辞"酸涩刻板"的川剧和京剧，国家"对它的提倡不够"。文化学者赵珩当时不到十岁，他至今还清晰记得陈梦家拉着他全家去看豫剧的情形。

1959 年下放的日子里，乡间剧团的演出给身心憔悴的陈梦家带来莫大的慰藉。在那些劳累和饥饿的夜晚，剧团演员的唱腔一遍又一遍萦绕在陈梦家的心里，这些旋律渐渐累积成一种冲动：我可以写一部自己的豫剧剧本啊！

陈梦家无法遏制这种创作的冲动，当他最终把这个想法汇报给农场领导后，农场领导竟不可思议地批准了他这个"右派分子"的创作请求。

那位农场领导当时出于何种考虑我们今天已经无法查证，我们所了解的是当时植棉场也在组建自己的豫剧团，农场领导也许只是想让新剧团拿到一个"革命"的剧本。

陈梦家的新剧本改编自风靡一时的革命历史小说《红日》，小说叙述了 1947 年到 1948 年解放战争期间华东野战军在山东孟良崮一举歼灭国民党整编 74 师的故事。陈梦家选择将小说《红日》改写成豫剧剧本也许是农场领导的要求，也许只是他当时手头刚好有一本《红日》的小说。

领导给出的条件相当宽裕：陈梦家每天可以抽出半天时间写作，写作时间计入工时。这不但能让陈梦家在繁重的体力劳动中得以稍作喘息，而且可以投入到自己熟悉、喜爱的文字创作中去。

为了让剧本适合乡村剧团在田间地头演出，陈梦家尽量简化情节，以保证演出只需要最简单的道具和布景。跳出原著的宏大叙事，《红日》剧本只聚焦在两个班的基层战士身上。剧本对白使用小说原句，而唱腔则在河南梆子的基础上融入洛阳曲子，陈梦家相信这会是一部好看的现代戏。

6月的豫西大地已经酷热难当，这位民国新月诗派的领袖挥汗如雨，用他了解的乡间土话写下一段段唱词。

诗人

陈梦家写出轰动诗坛的《一朵野花》那年刚刚十八岁，那时他还是国立中央大学的一名学生。

这位出身基督教家庭的少年在现代诗歌创作上所表现出的才华立刻引起闻一多、徐志摩甚至胡适的关注，他诗歌中纤细轻逸的文词、闲静悠远的意象以及整饬的音节和韵律感染了一代年轻人，也让他迅速和卞之琳、林徽因等人一起成为新月派诗歌后期的代表性人物。

然而"一·二八"的战火却把这位年轻诗人从风花雪月的创作中拉入现实：1932年1月28日午夜，日本海军陆战队突袭上海闸北，国民革命军第19路军奋起抵抗，国民政府领导人蒋介石发表《告全国将士电》："我全军革命将士处此国亡种灭、患迫燃眉之时，皆应为国家争人格，为民族求生存，为革命尽责任……"事件爆发几天后，陈梦家便将诗稿托付给一位朋友，匆匆赶赴淞沪前线，并被安排做抢救伤员的工作。前线战士流血牺牲的残酷场面对年轻的陈梦家刺激很大，所以二十七年后他在自己的《红日》剧本里，才能借国民党少校营长张小甫劝降的口中喊出："我希望和平，我恨战争！"

"一·二八"战事结束后，陈梦家不再沉迷于诗歌创作，而是在老师闻一多先生的指导下，开始了甲骨文研究。那些四千年前镌刻在龟甲、牛骨上的占卜记录在陈梦家的眼前打开了另一个世界的大门，让他感叹祖先文明的深远、绚烂和浩瀚。他在给胡适的信中写道："这五年的苦愤，救疗了我从前的空疏不学，我从研究古代文化，深深地树立了我长久从事于学术的决心和兴趣，亦因了解古代而了解我们的祖先，使我有信心在国家危急万状之时，不悲观不动摇，在别人叹气空愁之中，切切实实从事于学问。"

1937年春天，陈梦家随闻一多先生赴安阳殷墟遗址考察。那一次，他的脚第一次踏上了河南的土地。

二十二年后的夏夜，陈梦家在距离殷墟三百公里之外的农场宿舍构思剧本新的情节。在这闷热、漫长的夏夜里，陈梦家开始思念自己的妻子，思念妻子按下琴键时的悦耳音符和小院里弥漫的荷花清香，思念浸淫在自己人生中所有诗情画意的吉光片羽。

在陈梦家《红日》手稿的最后一页，画着一个个"正"字，这是他记录时间的方式：每"完成"一天，就画一笔。那些长夜、那些思念、那些痛苦、那些忍耐，都在那一横一竖里完完整整地保留到今天。

万里长空，片片白云飞。

萧萧枯叶，但见大雁回。

辞别了苏北平原，青山绿水。

到山东但见重山，山外峰回。

在陈梦家诗意的笔下，一队解放军战士正在奔赴鲁西南战场。

文字里的天气很凉爽，文字里的人青春烂漫、朝气蓬勃。

红日

1959 年 6 月 29 日，陈梦家的豫剧剧本《红日》完成了。

几分钟前，蜷缩在孟良崮一个山洞里的国民党整编 74 师师长张灵甫拒绝了部下的劝降，饮弹身亡。解放军战士杨军、罗光等把红旗插上孟良崮主峰。

人民战士个个是英雄，飞跨沂蒙山万重。

打上了孟良崮，打死了张灵甫，

消灭七十四师立奇功。

红旗插上了最高峰！

陈梦家哼着唱腔写下了最后一个字。

根据手稿最后一页的记载，陈梦家花了九个半天读原著、十九个半天创作剧本，后来又花了九个半天修改誊录。手稿最后的落款写着：

1959.7.11 修改抄定，共用了 18 天又 1/2。大热，十里铺中。

很难想象那一刻陈梦家的心情，一方面他完成了人生中第一次剧本创作，另一方面剧本完成也意味着他的创作时间已经结束，他又要全天待在棉花地里劳动。

没有记载证明这部剧本被任何剧团使用过，包括植棉场的剧团。农场领导为何宁愿让陈梦家 18 天又 1/2 的工时浪费掉也不用他的剧本，我们不得而知。也许后来形势更加紧张，那些领导们不愿意受到这个"右派分子"的牵连。

我们知道的是这个五万字的手稿被陈梦家打包到行李里，五个月后背回了北京。

又过了一年，陈梦家把《红日》剧本手稿寄赠给山东青岛的学者王国华，王国华和父亲王献唐是陈被划为"右派"后，很少还有来往的朋友。陈梦家在手稿的附信中写道："兹检出《红日》豫剧原稿，可笑之作，举以奉赠，作为纪念。"

显然，陈梦家不想保留那段下放岁月的任何记忆，也不认为这部自己唯一撰写的剧本还有什么使用价值。

形势和陈梦家预想的一样。

五年后，"文革"爆发，曾经孟良崮战役的指挥者、时任江苏省委第一书记江渭清被打倒，小说及电影《红日》被批判，原著作者吴强被投入监狱十年。

王国华的儿子王福来回忆说，形势最紧张的时候，父亲用一个小炉子把陈梦家的大部分来信都烧掉了："我父亲和陈梦家之间大约有三四十封通信，我父亲看一遍烧一封，看一遍烧一封，就是拿起这封信的时候，我父亲想了半天就揣在怀里……连夜出去了。"

1983 年，王国华去世。王福来在父亲床下的箱子里又找到《红日》的手稿和附信，应该是"文革"结束后王国华又把它们取回来了。

2019 年 12 月 18 日，《红日》手稿在上海朵云轩 2019 秋季艺术品拍卖会上被拍卖，成交价 74.75 万元。至此，豫剧《红日》和它背后的故事才又重见天日。

此时，距离陈梦家背着这部手稿离开植棉场已近六十年，一个甲子。

沉默

完成了《红日》剧本后，陈梦家在植棉场的日子依然是难过的。

他最担心的还是病中的妻子，虽然上下求告，但他给妻子调动工作的努力还是失败了。他不知道此刻的妻子，那个十六岁就名动京华、二十三岁翻译出艾略特长诗《荒原》的才女正在遭受怎样的煎熬。

从 1959 年 11 月 25 日他写给妻子的信中，我们知道陈梦家白天参加劳动，晚上还要参加会议，"找典型人做对象，教育群众"。"典型人"大概率就是陈梦家本人，只是他不想把自己被批斗的事情告诉妻子。这时候的陈梦家一句话都不说，而且，已经很久没说过话了。

"希望平平安安的，在年底以前回家吧。看光景，我们是要住满十二个月才允许回去的。"从最后一句，我们可以看出陈梦家度日如年的心情，尽管离回家的日子还不到一个月了。

已经决心凡事"看开点、马虎点",而且学会"终日无议,根本不说什么"的陈梦家没有挺过之后的浩劫。

当他最终发现既保护不了自己、也保护不了妻子的时候,便只想尽快离开这个世界。

1966年8月24日,他服毒自尽,却被抢救过来。同日,老舍在距他家不远处的太平湖投湖自尽。9月3日,他再次在家中自缢。同日,千里之外,翻译家、教育家傅雷夫妇在上海家中自缢。

那个时代容不下一个少年成名、清高孤傲、口无遮拦的诗人陈梦家,也容不下许多像他或者不像他的人。

十二年后,陈梦家被平反,和陈梦家一起平反的,还有作家吴强和他的《红日》。

希望

1960年年初,《红日》完稿五个月后,陈梦家终于盼来了结束劳动、返京工作的通知。

兴奋之情溢于言表的陈梦家早已等不及了,事实上考古所对陈梦家的业务能力依然重视,不久之后他就投入到了武威汉简的整理和研究工作当中。在植棉场劳动的一年中,他在心中构思的几篇论文也要尽快完成。更重要的是,他终于能够照料亲爱的妻子了。

几天前的《人民日报》发表了题为《展望六十年代》的新年贺词,贺词热情洋溢地憧憬:"无论在中国和世界,过去的十年却经历了伟大的、深刻的变化,而新的十年在我们面前展现着无限的光明和希望。"

这样的言语让陈梦家振奋而感动。这一年陈梦家虚岁五十了，前半生种种遭际如过眼流云，他决定踏踏实实过好后半生，也在新的十年去迎接自己"无限的光明和希望！"

那一天的清晨，陈梦家背着行李走出农场宿舍，踏上回家的路程。

路边是他熟悉的、无边无际的棉田。他那时不会想到，因为豫西根本不适合种棉花，几十年后，这些棉田将消失殆尽。望着眼前的原野，陈梦家想起了自己十八岁那年写下的《一朵野花》：

> 一朵野花在荒原里开了又落了，
> 不想到这小生命，向着太阳发笑，
> 上帝给他的聪明他自己知道，
> 他的欢喜，他的诗，在风前轻摇。

> 一朵野花在荒原里开了又落了，
> 他看见春天，看不见自己的渺小，
> 听惯风的温柔，听惯风的怒号，
> 就连他自己的梦也容易忘掉。

冬风萧瑟的棉田上，一轮红日冉冉而生。

2023 年 5 月 12 日

【陈梦家创作的豫剧《红日》手稿（局部）】

153

背影之后——浅谈朱自清先生

这些年心里很多事，难以释怀，终于想出去走走。

随意住在桐乡一处民宿，窗外是一片广阔的荷塘。梅雨刚过，炎热随之而来，但这毕竟就是朱自清笔底怀念的江南了。（读者会以为《荷塘月色》写的是江南。）

傍着窗外的荷塘，我开始重新阅读朱自清先生的书籍。我看的是1998年江苏教育出版社出版的《朱自清全集》，十二卷本。浅绿封面，素雅。

散文和学术文章之外，我重点看的是日记篇。边看边记。早晨梳理，发现一些高频的甚至彼此矛盾的词组。

譬如：改论文，写论文，出试题，讲课，改作业，进展甚慢，继续写，累得要死。

譬如：领薪，寄钱，交钱，花钱，借钱，还钱，笔笔清楚。

譬如：菜佳，菜很好，贪食，复贪食，胃痛，胃病发作，呕吐，注意饮食，食逾量，饮酒，饮酒甚多，呕吐竟夜，卧床，节食，克制，身体至关重要。

譬如：打牌，提心吊胆，失误不少；打牌，首次获胜；打牌，竟输62元，今日元旦，继续打牌。

譬如：买烟，抽烟，自制烟，自制烟口味不错，呕吐，盖恶性雪茄所致。

再譬如：感到冷落，按耐不住，谢绝，反对，不悦，倦甚，心绪恶，仓促，倦甚，无它法，只能尽力。

写到女人，用词多为肥美，提到景物大抵用甚佳。毫无铺陈，平白直抒，事无巨细，比比在册。

这跟大众印象里的《背影》作者朱自清和拒领美国救济粮的爱国主义气节貌似不搭边，却引起我的共鸣。我长期疲劳，每每被各种人士告诫身体第一，朱自清1945年6月25日日记记载：

> 诚然，彼等安慰我是一番好意，但我总觉得将自己的病情与苦痛去告诉别人乃不智之举。如别人给以诚心诚意之问询而使自己感到安慰，尚且值得；若别人漫不关心，冷冷然安慰数语，则只能伤害自己的感情。故最好不谈自己的病痛，并尽量表现得坚强些。

但有些事情是不会因为表现得坚强而掩盖得住的，或许没有必要掩盖。譬如：

在台州过了一个冬天，一家四口子。台州是个山城，可以说在一个大谷里。只有一条二里长的大街。别的路上白天简直不大见人；晚上一片漆黑。偶尔人家窗户里透出一点灯光，还有走路的拿着的火把；但那是少极了。我们住在山脚下。有的是山上松林里的风声，跟天上一只两只的鸟影。夏末到那里，春初便走，却好像老在过着冬天似的；可是即便真冬天也并不冷。我们住在楼上，书房临着大路；路上有人说话，可以清清楚楚地听见。但因为走路的人太少了，间或有点说话的声音，听起来还只当远风送来的，想不到就在窗外。我们是外路人，除上学校去之外，常只在家里坐着。妻也惯了那寂寞，只和我们爷儿们守着。外边虽老是冬天，家里却老是春天。有一回我上街去，回来的时候，楼下厨房的大方窗开着，并排地挨着她们母子三人；三张脸都带着天真微笑地向着我。似乎台州空空的，只有我们四人；天地空空的，也只有我们四人。那时是民国十年，妻刚从家里出来，满自在。现在她死了快四年了，我却还老记着她那微笑的影子。

无论怎么冷，大风大雪，想到这些，我心上总是温暖的。

——朱自清《冬天》

再或者《给亡妇》：

这十二年里你为我吃的苦真不少，可是没有过几天好日子。我们在一起住，算来也还不到五个年头。无论日子怎么坏，无论是离是合，你从来没对我发过脾气，连一句怨言也没有。——别说怨我，就是怨命也没有过。老实说，我的脾气可不大好，迁怒的事儿有的是。那些时候你往往抽噎着流眼泪，从不回嘴，也不号啕。不过我也只信得过你一个人，有些话我只和你一个人说，因为世界上只你一个人真关心我，真同情我。你不但为我吃苦，更为我分苦；我之有我现在的精神，大半是你给我培养着的。这些年来我很少生病。但我最不耐烦生病，生了病就呻吟不绝，闹那伺候病的人。你是领教过一回的，那回只一两点钟，可是也够麻烦了。

是的，有些东西是自己的，你们看到的是我自己不想掩盖的。总有真实的人走着走着就遇到了，也有很多亲爱的人走着走着，就散了。

何不归去，也无风雨也无晴。

先生百揣排
志在某非文
下。去年貢任
五斗之禄，新年十月 亦意上條，現主一切聯上軌道，國內心漸渡香範圍
墊二等先示
近亦云解先
生速向此候左
太招冷
太老柏此向候
可貴乎乎某
緯秘精冷船
不。見貝
九月向於此
楊新北今年
鑄千婚?

夢家先生三   去年十一月二日及十首十首 行封到。手抹北志年十首

彼方向叢方持來有餘種。此最張謝克，國太費也，先緯扶先石得細查

南北俩克國書桂完主抹正主等亂。去主訪如岩有二十美金(貴書)

誠然，中之海方印諸 先生不羽先生南景橘墨，但諸留一百元，俾

資漸用株中既遙別主養 先生遠方中之西聯項，此勞費用也，幸向記

乎住者之人，洲評条(冠遙)及清要，另法船酒卷巾，住成乎

教育物致別進十五人之多，因太不生修班平生五十作人也，教育中有主譜兄，果

奉向請人公鬼佐，今該主依右全部也。书中向渓不恭矣，今新食日，

先生任韓舍乎等。主于一主乎住廣成巾大文主陸长張做一氣，果

乎孫者約不至也人。西方主呼   先生界好早持將佐乎軒

至新向身細芬放式高佩，唐鄉乎各書佐，伺萬事已商

到，高孝漢嗣有來果弟谿乎子株搔冷心多矣乎老，崔慶事已商

灌家舍主記之表王地，先生於入膀國院(新夏の十所)

拥藏。但諸拈若向遠百家，或有拙不到，才機，株中已覺明佐等供給住

宅。但住宅功已嘛頁。上年乎房，只拈話名,教抹方乎放鬆金義乎南家

未来往西城前京戲道士,主拙林雄,將四能手妹仙奶已入去,

巳向成株一真石生欲官,株路步放石部掬,渻率待名滿全集,枚桴!南家

先生笔修向
二八

【朱自清致陈梦家书信】

尺寸：纵 26 厘米，横 17.5 厘米

释文：梦家先生：去年十一月五日及十二月十二日信均到。学校于去年十一月五日上课，新生十一月廿五日上课。现在一切渐上轨道，园内亦渐复旧观。图书方面丛书损失百余种，此最难补充，因太贵也。其余损失尚待细查。关于补充图书仪器经费，学校正在筹划。来示谓各系有一千美金买书，诚然。中文系书即请先生与冯先生商量购置。但请留一百元，俾资活用。校中现购刘半农先生遗书，中文系恐须拟出费用也。系中现专任者四人，浦、许、余（冠英）及清是（又寅恪先生系与史学系合聘）。另张政烺先生任文字学，张清常先生任语言学等。王了一先生任广东中大文学院长，请假一年。渠本代语人系主任，今该主任尚虚悬也。系中开课不太多，无新名目，教员助教则达十五人之多，因大一及先修班学生至千余人也。教员中有王瑶君，系去年在研究所毕业，除大一国文外尚任文学史第二段，学生连临大分发者约不足卅人。系方亟盼先生暑后早日返校，并盼早将担任学科示知。承寄《铜器款式》一书已到，甚佩。容即交图书馆，《铜图》目录尚未到。高本汉闻有来东意，务乞为校接洽，校方已另函芝老。住屋事已商准宿舍分配主委王明之先生，代表先生加入胜因院（新建四十所）抽签。但请求者闻达百家，或有抽不到之可能。校中已声明尽量供给住宅，但住宅如已满员，亦无办法，只好请另租，校方可贴租金若干。闻家来平，住西城前京畿道十一。立鹤休养，余四位弟妹似均已入学。闻先生全集已由清拟一目。正在抄字，接洽出版不难，但清华将另编全集。祝好！朱自清顿首。二，八。先生存折，冯太太并未交下。去年曾代垫二万元交顾子刚兄了。近当函顾先生经向冯太太接洽。太太均此问候，不另。其身体较前大好，可贺之至！务乞于今年九月回校，以壮阵容，千祷千祷！

她和他和她——浅谈王世襄

此文不谈王世襄的吃喝玩乐，幽默风趣。这是表象的，也是片面的。

当信息越来越复杂的时候，那么回归常识的基本方法，就是尽量回归到当事人的个体和时代以及人类共通的基本感情。

看热闹痛快，但痛并快乐着，不是常态，热闹不在乎事实和结果。

在母亲金章的宠爱中，王世襄架鹰逐兔，驱獾斗虫，好一个京城小公子，风神俊朗，一时佳话。

1939 年，金章去世。王世襄晚年回忆母亲："我从幼年一直玩到1939 年大学毕业，考进燕京研究院后，该年母亲突然逝世，对我极大震撼。从此坚决悔改，认真学习，工作，这是我人生第一次转变，终生恪守，直到衰老。"

悟已往之不谏，知来者之可追；实迷途其未远，觉今是而昨非。家学的渊源，强健的体魄，旺盛的精神，乐观的态度，专注的投入，这些因素集中在一起，让王世襄在学术领域勃然爆发。这不是突然的，却是个体的，集万千宠爱于一身而能自省自觉者，万分之一二。

万千宠爱，当然包括爱情。这种爱情有偶然性，但绝非盲目。这种爱情是两情相悦的，是志趣相投的，是包容冲淡的，是剪得断理不乱的。袁荃猷女士的出现，又从一种程度上，弥补了母亲离去的哀痛和缺憾。

谁复挑灯夜补衣？有的。针线从母亲手上交到了爱人手上，爱情延续了母爱，并决定了未来。而婚姻的存在，就意味着有两个人，钢筋混凝土一样的牢固，一起面对未来的东南西北风。

多年之后，王世襄先生在纪念亡妻的诗中写道："年年叶落时，提筐共捡拾。今年叶又黄，未落已掩泣。"

袁荃猷去世后，王世襄把两人旧物检点拍卖，睹物伤神，已无必要。"由我而来，由我而去"，这一场散尽更像未来的相聚。

先送你一程，我随后就来。

写在后面：

一、在"俪松居长物"专场，我得到俪松居旧藏的王懿荣与盛昱等题赠给王世襄叔祖王仁动的作品。王懿荣是烟台福山古现人，本族先贤，权当缘分和纪念。

二、这十余年，我多留意王世襄先生及家族物品，陆续得到金章、金城、金西厓等人的作品。王世襄的对联为我老师转赠于我。

三、我同样感动的还有启功先生夫妇。"你尽管在家读书写字，其他的不用管。"章宝琛是这么对启功说的，启功让宝琛端坐在椅子上，恭恭敬敬给宝琛磕了个头，并喊了声"姐姐"。启功先生是这么做的。

四、我多年前得溥儒先生《书谱》一卷，跋文读来也令人感伤："此三年前所写《书谱》一卷，开箧见之，悲同隔世。《诗》云：'靡依匪母。'思昔临池，尚是有母之人。不欲留此，辄寄呈一山左丞，申意而已。溥儒拜上。"

但愿人长久，相信爱情，相信美好的事情，是美好最大的支撑。

【金章《瑶台星灿》】

尺寸：纵 50.6 厘米，横 25.2
厘米

装裱形制：镜心

释文：瑶台星灿。戊辰十月，
吴兴金章写。

钤印：陶陶

【金城《豆花棚下觅秋声》】

尺寸：纵 21.9 厘米，横 68.5 厘米

装裱形制：扇面

释文：草堂西角断虹明，雨歇阶除无限清；数笔倪迂才学罢，豆花棚下觅
　　　秋声。壬戌六月，雨过凉生，几席间，都含润意。坐石梅华盦，适
　　　新泉仁弟以箑索画，即为走笔成此。北楼并题。

钤印：拱北

沧海月明，自珍自怜——
我从孙犁先生处得到的教益

我这人疏于交际，反感回避，除非极熟悉的人。

有一次例外，那就是跟天津报界的合作。我答应得特别痛快。

我想去看一下孙犁先生生活工作过的地方。

席间一女孩大方安静，送我一本书，是孙犁先生的著作。她是孙犁先生的外孙女。这让我手足无措，面红耳赤，想来对于不速之客，孙犁先生是排斥的，而我却借公务之名，得一己之私，惊动孙犁先生家人，内心惭愧，一下子局促起来。

我当然喜欢孙犁先生的《荷花淀》，但是更喜欢他的《耕堂劫后十种》，百花文艺出版社初版。人民文学出版社 2012 年纪念孙犁先生逝世十周年的结集本更佳。

干净，简洁，素雅。

孙犁先生书斋名"芸斋"，我后来把自己的一处场地称为"芸廷"，来源就在此。

读者和作者之间，最好的关系就是对话。我在字里行间，开始了跟作者的对话，毫无隔阂，明净坦诚，不避讳，不猜想，随性而发，言总不尽。

我一直认为孙犁是中国当代伟大的文学家之一。不要觉得微言大义、凛然威严就是伟大的作品，微言大义往往虚妄。我尤其认同他对女性的态度。他的伟大不在于振聋发聩，高高在上，他的伟大在于自我和时代的关系定位以及始终如一的对女性的认知。他在一连串的偶然和变幻中，把万花筒简静成确定的答案。

就在前几天，我难得一人独居，窗外就是无尽的荷塘，我重读了这套书，又认认真真地做了笔记。

我摘录一些笔记如下：

"为衣食奔波，而不大感到愁苦，只有童年。"

"大激动，大悲哀，大兴奋，大快乐，都是对身体不利的。但不如此，又何以作诗？"

"我一向不怕别人不知道我的长处，因为这是无足轻重的。我最担心的是别人不知道我的短处，因为这就谈不上真正的了解。"

"古人说，一死一生，乃见交情。其实这是不够的。又说，使生者死，死者复生，大家相见，能不脸红就好了。"

"所谓赤子之心，有这种心就是诗人，把这种心丢了，就是妄人，说谎的人。保持这种心地，可以听到天籁地籁的声音。《红楼梦》上说人的心像明镜一样。"

在写到一个刁泼的女性的时候，他说："我不想去写她，我想写的，只是那些我认为可爱的人，而这种人，在现实生活之中，占大多数。她们在我的记忆里是数不清的。"

他引用杜甫的诗："美人细意熨帖平，裁缝灭尽针线迹。"

他写一对贫苦中彼此还能琴瑟相鸣的夫妻，他说："我的朋友望着他那双膝间的胡琴筒，女人却凝视着丈夫的脸，眼睛睁得很大，有神采随着音韵飘出来……女人的脸色变化很多，但总教微笑笼罩着。"

我总感觉，这种女性的温暖和永恒的美，是人间最大的亮色，我也常常想起周昌谷先生画的女性，花儿一样，健康、明朗，让人亲切和温暖。孙犁先生从不回避女性所承担的苦难、不堪、难以言说，但绝不会让一丝灰尘遮没她们独有的美好和光辉。

我的老师宋遂良先生笔下的女性也是如此。他曾经写过一篇文章《世界因为女性的存在而美好》，他在文章中是这么写的：

> 我从小对女性就有着一种感激和敬重的心情。不怕见笑，我对于贾宝玉说的"女人是水做的""我见到女孩儿就觉得清爽"这样的话，很早就在心里予以认同。我觉得母爱，柔情，温馨，美好这样一些字眼都是因为有了女性才存在的；而奉献，牺牲，苦难，悲剧等又总是和女性相关联的，因而我觉得对于女性的歧视，轻慢和摧残是最不道德，最丑恶和不能容忍的。

1979年年底，当宋遂良先生再一次获得发表作品的权利的时候，正在北京西山读书班，他着手写作《坚持从生活的真实出发——长篇小说创作问题探讨》一文，后刊于《文艺报》1980年第4期。

这篇文章在写作之初就遇到了如何展开批评的问题。在读书班完成了初稿后，宋遂良回到泰安几经打磨稿件，初拟以"和政治离得远一点儿"为题，先后修改了七稿。至第六稿时，他仍觉得没有把握。至第七稿，补益至九千字，并于2月19日寄出。3月27日，宋遂良收到了郑兴万发来的用稿通知，并告知他冯牧也认为"写得不错"。4月12日，宋遂良收到了样刊以及三十八元的稿费通知。通读文章后，宋遂良觉得文章太浅太少，不能令人满意，"尽管它们用的是黑体标题"。这篇文章，实际刊出时不足六千字，文字体量删去了三分之一。

我的师兄臧杰后来详细还原了这件事情的风波因缘。

"离政治远一点"并非宋遂良的原话，而是将此前孙犁的一份表述代入了语境——据说有一位老作家曾经机智地意味深长地对一些青年作者说，写作时不妨"离政治远一点"。宋遂良转引孙犁的话，意在强调文学不要被现实政治所左右，要保持与现实政治的距离，而不是要否认文学与政治的关系。作者丁毅不以为然，他强调的是"作品的成败，并不在于离开或靠近政治，而在于作家对政治的认识、理解和反映的是否正确"。

此时的宋遂良已然感觉到，他的转引勾连了"孙犁言论"，丁毅的针锋相对，会否另有所指？会否给孙犁带来不利影响？宋遂良写给孙犁的原信草稿如下：

孙犁同志：

您好，原谅我的冒昧，有件事情想要来打扰您，向您请教。

我是一个中学语文教师，业余也写一点文学评论。去年初，参加了《文艺报》在京组织的一个长篇小说读书会（就是《延河》的王愚同志访问您的那时候，您还记得吗）。结束时，分工由我写了一篇批评长篇创作中存在的问题的文章，发表在80年第四期《文艺报》上（题目叫《坚持从生活的真实出发》）。我在这篇文章里引述了您说过的"写作时不妨离政治远一点"的那句话（我当时在阎纲同志那里看到了韩映山同志给他的那封信。在我们埋头读了大量的图解政策的乏味作品以后，都是拥护您的这个见解的——几个月后，我又能读到了您和吴泰昌同志的谈话，更进一步领会了这个意思）。

谁知这篇文章惹出了麻烦。最近一期的《作品与争鸣》上刊载了一组与我"商榷"的文章（涉及对具体小说的评论意见，那一篇我是要认真考虑的）。其中一篇叫《"离政治远一点论"质疑》（想不到成为一"论"）。我看了以后，觉得他是在歪曲了我的原意以后自拉自唱的，并无研究问题的诚意，也没有说服力。我暂时也不想作任何辩解。但是我担心由于我至今尚未察觉的谬误，会间接地影响到您说过的那句很有意义的话，因而感到有些惶恐，所以特地寄来一本，请您抽空能过目一下，指出我文章的问题（这里只是摘采，原文近五千字）。鉴于这些问题纠缠不清，我又无能力，我不准备作任何的解释。若您能给我一些指教，那就更为感激了。

请容我再多唠叨几句。长期以来，我就是您的作品和道德文章最热心的景仰者。我常常怀着饥渴的心情，仔细从容地拜读每一篇能找到的您的文字，并获益受教，以能作您的一名不成器的私淑为荣。我最近写的一篇为《秦妇吟》说好话的文字发表在第五期《读书》上，就是看到您在一谈话中称它是一首"伟大的现实主义诗篇"后受到鼓舞而执笔的。现在也一并寄来请您指正。因为我也担心这种看法会招来"商榷"。

我是湖南浏阳人，今年47岁，解放时参军，在部队做过文化教员，转业以后上的大学，1961年从复旦大学中文系毕业，即分来山东泰安一中做语文教师，去年并忝为"特级教师"。按说，我的精力时间和水平都不允许我旁骛文艺，但数十年兴趣爱好难移，只有在相当艰苦的条件下，在文艺大军中做个民兵而已。实际工作零敲碎打，思想中也常有苦恼，想换个工作岗位而不得。

随着年龄的累重，对长辈先哲的景仰之情与日俱增。占用了您的珍贵时间，很觉抱歉。您近来身体健旺么，饮食起居，请多加保重。即请大安。

"学生宋遂良如蒙赐示，请寄山东泰安一中。"

一周后，宋遂良收到了孙犁寄来的明信片。6月16日的日记还原了他这一日的心情："今天是我最高兴的一天，因为收到了孙犁同志给我寄来的一个明信片……这封信已读过多次多遍，现在已经能背诵了。收到自己所尊敬的前辈作家的信，心中的愉快兴奋，是难以形容的。无怪乎孩子们都说爸爸像疯了一样。"

孙犁的来信这样写的：

> 遂良同志：7/6惠函敬悉，刊物亦收到，大作两篇拜读，我以为写得很好。有些不同意见，争鸣一下，也是好的。如有余意，还可写点。如觉得话已说完，也可不理。至于"波及"到我，那是一点关系也没有的。
>
> 我年老多病，久已不参加争议，有时写些杂文，不知能达尊览否？希常赐教。
>
> 祝好！
>
> 孙犁 14/6

可以说，孙犁以轻描淡写的方式化解了宋遂良的争鸣焦灼，对自己的被波及几近于无视，同时也肯定并鼓励了宋遂良先生的写作。

各位读者，我拉拉杂杂写了这些，需知道，一个普通的人往往是被一些细节打动，引发共鸣，从而产生与作者的亲近感，增加对自己的要求，同时为自己设立一个该做的，或者不该做的事情的标准。但真正的大写的人，才会把个体的触动、共鸣，在时代的发展、变化，多难的时间里，保持底色，永远纯净，并有勇气和责任表达真正的声音。

我自恃聪明，但在后面这一点上，离孙犁先生跟我老师的通达和勇气，相差甚远。

后来几年，我还陆续收到人家寄来的书，有一套还盖了孙犁先生生前的印章。我受之有愧，但感觉有必要把这些写出来。

附：

当我把这篇文章发给我老师看的时候，他回复我："看来孙犁先生对我们两代人心灵的美化和净化起着无可替代的作用。在那些战争残酷、运动荒唐的年代能够给我们带来一丝温暖和对女性的尊重同情的就是孙老美丽干净的文章。

孙犁不朽，艺术长春，人性永存！"

桨声灯影里的秦淮河

缘起

今年西泠春拍，我告诫自己，王帅啊，别买了啊，要有左手捉刀剁右手的果决。可惜，左手剁完右手，右手又不自觉地买了俞平伯的一本册子。

1990 年暑假，我在老家一处兵营做建筑工，拆那些旧的营房，建新的住宅楼。要上学时，我已经攒够了上高中需要缴纳的校服钱，我又去买了一双双星的运动鞋，还有一点余钱，跑去新华书店，买了两本书。一本是《朦胧诗三百首》，一本是《当代名家同题散文》(不确切)，其中开篇就是朱自清和俞平伯的《桨声灯影里的秦淮河》。

元宵

1971 年 2 月 10 日，元宵节。

七十二岁的俞平伯想起了六十年前的往事，对着夫人许宝驯，在一张信纸上用毛笔工整地写下两首《新正感事》：

"童卟愚顽祖舅怜，前庚戌始议良缘。如同再世为夫妇，岂独遥遥六十年。""罗绮情怀渺若烟，多欣今夕莫思前。荒村茅屋元宵节，为应佳辰做饼圆。"

此时俞平伯夫妇过节之地，是位于河南信阳息县东岳镇乌庙村的一间十平方米的小土屋里。事实上，在俞平伯夫妇住进来之前，这里是一间牲口房。元宵佳节，在这间寒冷昏暗的小屋子里，老夫妇没有元宵可吃，只是烙了一张面饼，算是改善生活。

即便如此，在那个风雨飘摇的年代，两个人能在此安静地相守，一代红学大家俞平伯已是心满意足。

《红楼梦》

息县，跨据中国南北方的分界线淮河。公元前 682 年，楚国于此设息县，此后二千七百年再未更换名字。

1969 年，东岳"五七"干校在该县东岳镇乌庙村成立，让这个千百年来寂寂无名的豫南乡村成为全国社科界瞩目的地方，当时的文学大家钱锺书及夫人杨绛、胡绳、何其芳、吕叔湘，经济学家孙冶方、骆耕漠、顾准、吴敬琏、林里夫等一百多位学者专家被下放到这里劳动改造。而七十岁的俞平伯就在这支劳改大军里。

俞平伯出身浙江湖州德清世家，曾祖父为清末翰林、朴学大家俞樾，父亲是晚清探花、近代学者俞陛云。

1918 年 5 月，俞平伯的第一首新诗《春水》和鲁迅的小说《狂人日记》一起刊登在《新青年》上，成为中国白话诗创作的先驱者之一。同年，俞平伯与同学傅斯年、罗家伦等人发起成立了新潮社。

1923 年，俞平伯出版了他的第一部、也是奠定他红学学术地位的专著《红楼梦辨》，与胡适一同成为新红学的奠基人。而此时，做为中国新文化运动的领军人物之一，俞平伯也只有二十四岁。

俞平伯不但在学术上领一代风骚，而且思想上也倾向于革命。他在1947 年加入民主党派"九三学社"，反对国民党独裁统治。1949 年 1 月更是与北平各大院校知名教授一起，发表对全面和平的书面意见，拥护中国共产党的政策和领导。

新中国成立后，俞平伯已经自觉运用新的意识形态来指导自己的学术理论，但他仍被卷入新兴革命理论的洪流之中。

1954 年 11 月 5 日，《人民日报》登出了王若水撰写、题为《肃清胡适的反动哲学遗毒——兼评俞平伯研究〈红楼梦〉错误观点和方法》。此后一个月的时间里，针对俞平伯的批判会、座谈会多达一百一十多场，各刊物发表批判文章五百多篇，俞平伯从红学大家一落为人人得以口诛笔伐的"反动权威"。

经此大劫，俞平伯放弃毕生热爱的红学研究，转而专研戏曲。1986年 1 月 20 日，中国社会科学院文学研究所为俞平伯从事学术活动六十五周年举行了庆祝会，对俞平伯红学研究三十二年的错误定性，才就此平反。

六十年前

1971 年的那个元宵之夜，被下放河南进行思想改造的"反动权威"俞平伯对着夫人许宝驯，想起了六十年前的一段往事。

今天，那段往事只能在俞平伯简短的诗注里略见端倪。1911年，俞平伯的外祖父许佑身和舅舅许引之从天津来到北京俞府探访。在这次探访中，许引之决定和俞陛云结成儿女亲家，将长女许宝驯嫁给俞平伯。

许宝驯长俞平伯四岁，而且是表亲。这门带有浓厚封建包办色彩的婚姻却给两人带来终身的幸福。

1917年，在北京东华门箭杆胡同的俞宅，俞许两家举办了轰动一时的隆重婚礼，俞平伯和自己的表姐正式完婚。此后，俞平伯终生深爱着自己的表姐。

那之后俞平伯的一篇日记中记到："乘早车入京，环（夫人）立楼前送我，想车行既远，尚倚立栏杆也。不敢回眸，惟催车速走。""不敢回眸"四个字，亲切写出了两人当年如漆似胶的感情。

许宝驯工于诗画，尤擅昆曲，据说可以唱整出昆曲。后来俞平伯被批斗，所幸在妻子的昆曲世界中找到一块愉悦身心的宁静天地。1969年俞平伯被下放到干校，许宝驯也不离不弃地从北京跟随他来到下放地。

劳改的生活异常艰苦，据同时下放的杨绛记载："清晨三点钟空着肚子下地，早饭六点送到田里，劳动到中午休息，黄昏再下地干到晚。"而许宝驯回忆那段生活时也说道："走过东岳的泥路，方才知道什么是泥，黏得慢说拔不出脚，甚至棍子都拔不出。他那件大棉袄被雨水浇透，冰凉潮湿不说，且十分沉重。真是苦了他。"

年过七旬的两位老人在那里生活了一年多的时间，就在俞平伯写下《新正感事》不久之后，在周恩来总理的亲自过问下，俞平伯夫妇跟随许多下放学者一道回到了北京。

风雨后

很难说，1970 年在豫南乡间辛苦劳作的俞平伯老人，心情是更好，还是更坏。

这位出身名门、少年成名的一代才子未料经过后半生的风风雨雨之后，会在晚年和同样出身名门的妻子栖身于狭窄破旧的土屋之中。

但远离了北京残酷、窒息的政治漩涡，俞平伯又该有了一身轻松的惬意。尤其是，亲爱的妻子还陪伴在自己的身边。

据记载，那时乡亲们常看见俞平伯随身携带着一个破旧发黄的小笔记本，上面写满了七言或五言诗词，在息县一年多的生活里，俞平伯共创作了近百首诗词。而俞平伯夫妇与房东乡亲处得都不错，回京后还经常来往。

"愿与苍生共忧乐，何妨一往自情深。"

1982 年，许宝驯辞世，对于丧妻之痛，俞平伯后来只用了十二个字来形容："惊慌失措，欲哭无泪，形同木立。"俞平伯终生将妻子的骨灰盒安置在卧室内，并提前拟好了与妻子合葬的碑文："德清俞平伯、杭州许宝驯合葬之墓。"

俞平伯 1970 年到 1990 年二十年间的手札后被收录结集，其中一字一句，都能让我们感受到这位红学老人的晚年心境，人世浮华不过红楼一梦，只有真情实意才能留诸后世。

这集手札中最后一页是九十一岁的老人在 1990 年的秋天写下的遗言："一暝不复秋，黄昏齐至京，身后事在亚运会后，妄涂。"

如同禅僧灭寂前的偈子，10 月 15 日，北京亚运会闭幕八天后，俞平伯安静离世。留下那些文字和故事，让后人感慨、凭吊。

一九七一庚戌

新正盛事

童卯愚頑祖、舅愫前庚

戊女始諧良緣 一九一一舅氏

外祖父婦自江右 自津來吳下

始有婚姻之說 乃同再世為

夫婦豈獨遙遙六十年

羅綺情懷渺渺著煙多欣

今夕莫思前荒村茅屋

元宵節為應佳辰作餅

圓

如梦令

漫說姻緣鳳卜

誰料鴛拆鳳來、

晚晚十年間、

欠了一場痛哭。

休哭、休哭、

且待重圓花燭。

乙卯冬日

病眉士

【俞平伯手稿三件】

178

一瞑不復秋

黄氏昏齋至京

身後事在迤運

會日後妄塗．

画外音

后记：一个集邮者爱好者的自白

今年年初的时候，我跟我的老师周永良先生说，我们把我们的作品梳理一下吧。因为我这些年的兴趣已经转到古代书画收藏，尤其聚焦于明末清初之际的惊心动魄以及人物在历史中的心态。

还有一个原因在于，今年是我母亲赵忠秋去世四十周年，我想把她的剪纸作品连同自己的收藏，做一个展览。我希望更多的人记住她的剪纸的美，而美是平等的，没有高低贵贱之分。

所以这不是一本偶尔顺手写出来的书，而是基于对自己十余年收藏的近现代画作的一次梳理。我收藏的近现代画作，基本涵盖了近现代美术史上的代表人物和代表作品。这次收藏梳理，在时代背景阐述和具体作品的艺术特色上，做了详尽认真的解读。

在整理写作的过程中，必不可少地会遇到三个问题，第一就是这个艺术家的艺术风格、作品和时代的关系以及收藏这件作品跟我个人的关系。这是单纯的学者很难体会个中滋味的。所以为了体例统一，个人趣味兼顾，这批文章分成三部分。一部分由我的老师周永良先生执笔，一部分则是这本书的内容，我按专业画家、人文学者以及整体画作中的花花草草，分了三个大的章节。这种区分可能不准确，但是起因是这样的。

我于1997年毕业于山东师范大学中文系。上学期间，我的老师宋遂良先生要求我：要像牛进了菜园子一样，多读书。

书慢慢读得多了起来，就有了自己喜欢和亲近的作家，这里感知一点，那里记忆一下，虽不成体系，未必吃透，但是吃百家粮的好处在于营养均衡。而凡是文学史上能留下浓墨重彩或只字片语的，都足以使你富足，激发你的兴趣，保持你的天真。

好的作品都是对自己有极高的要求的，并最终助我形成了我的人文观和审美取向，我开始慢慢留意起书画作品。后来在拍场上，我也开始留意这些作家的物品，或书画诗词，或片纸半札，慢慢积累起来，彷佛在和那些作者建立了另外一种可触碰的关系。有时候看到一件作品，如果不积累起来，就好像失去对自己很重要的东西一样。

就开始自觉地追求体系化和风格差异。

我笑称自己不是一个好的收藏者，只是一个集邮的。而所有的收藏，都有基本的规律，就是聚散两离离，今天聚起，明天或许就分散。但在这个过程中，这些作品毫无例外地滋养了我，成就了我。这次梳理和出版，其实也是要表达这个观点：你怎么对待藏品，你从中得到了什么，你就能把你理解的美，跟大家分享多少。

是为后记。

2024年12月21日

这些文字，那些画儿

顾村言 |

有事没事发些画作过来的王帅，有一天忽然噼里啪啦连续发来几篇文章，说开始对近现代收藏做一个系列总结——"在编选之外，写一些个人所悟"。

王帅的文字，鲜活、跳脱、简净、有趣，有时甚至是精灵古怪、剑走偏锋，没想到，这次终于开始写他收藏那么多书画的缘起与体悟了。

首篇《卜算子——读〈息翁玩具图〉》写他收藏的陈师曾《息翁玩具图》与李叔同书法，末言："我相信因果，但不信有绝对。因为绝对，才有决绝。此人太狠，我做不到。"大堪玩味，心有戚戚，想起来，这句话，好像我也感叹过——情之所钟者，何能决绝，何能至此？惟对画对墨，一叹而已。

又一篇写他收藏林风眠《瓶花仕女》的缘起，读毕，眼睛为之一湿，还是抄一段罢：

> 我看到林风眠先生的画首先想到了自己。我听到呐喊，听到挣扎，听到骄傲，听到寂寞里的忧郁和安静，听到一朵野花在荒野里开了又谢了的声音。……漂亮不过我的妈妈，我跟我妈妈不见面已经三十七年矣。她是美好的，受苦的。她的所有，影响我的所有。我看到林风眠先生的画。我想起你。没有人知道我为什么执意要买她。就当买一缕风，一声钟，一个梦不到的人的梦，一个一辈子的孤单和一场黯然销魂吧。事实上，我所有想掩盖的事实就是，我亲爱的妈妈，在1984年，离开了我。

读过无数写林风眠的文字，但从没见过有这样用生命里刻骨铭心的挣扎、孤单、惆怅、大悲写林风眠的……读完文字的一瞬间，完全不知道怎么安慰他。

好像最终用表情"抱了一抱"他，这是我第一次知道王帅年少时的往事……倏然忆起很多年前听他在歌厅唱歌时，嗓子里那些撕心裂肺的悲凉……

这样融入生命体验与人生情感记忆的买画、读画文章，在我个人的阅读体验里来说，可以说是罕见的，或者如他所言，"这样的作者是第一次遇到"。本质上而言，这不仅仅是用真金白银砸钱买画，而是用真正的生命体验买画、藏画，是谓"真赏为要"。

记得当时和他说："在《澎湃·艺术评论》开个专栏吧！"

当然很爽快地答应了，原因是"太好了，有人催我赶我，有压力了"。

真正的好文章当然不是催赶出来的，也不是写出来的，而是从内心深处流出来的，东坡言："吾文如万斛泉源，不择地而出……所可知者，常行于所当行，常止于不可不止。"

不择画而出的妙文于是果然源源不断，行云流水般，或短或长，压根无需催促，他称之为"不靠谱画论"，我称之为"写意派收藏""性情派画论"。读王帅的文章，是开心的，而且，往往心有所会，有时有点奇怪，我们竟然有着那么多相似的癖好。他兜兜转转一圈，从诗文而书画之藏，由书画之藏而诗文，读画之后，又开始写起了俞平伯、陈梦家、孙犁这一脉，因为那些相似的干净、简洁与素雅——他写的孙犁，夹杂着他的老师宋遂良先生怯生生的敬意，却明净坦诚，让人感动；他写的陈梦家，平静的文字背后，时代的感伤与荒诞，几乎让人窒息。

天知道，这些文章都是他在繁忙的工作间隙挤时间"流出来的"。写画的时候，他居然还有时间和邱兵在搞公众号"天使望故乡"。

他后来说"那两个月写伤了"。其实，写伤了多好，有那么多生命中的感受喷泻而出，当然得抓住接住；写伤了，那是多么快乐性情的事，就像他喝酒喝伤了一样。

读其文，赏其藏，才可真正读懂王帅，他对美与悲的感受，真正的源头来自胶东的剪纸——他那心灵手巧的妈妈。"春风最随美人意，为她开了百种花"，这些文字，那些画儿，都是他的生命中的寂寞处、偶遇处、珍惜处，与他儿时那些脆弱敏感、痛彻心扉直接相关，还有他后来的喜与乐——那是他的大女儿多好与小女儿很好出生后带来的："你们出生后，爸爸开始留意这个世界上一切跟你们有关的美好的事情。……看到小女孩，看到美好的事情都会联想到你们身上。这也是爸爸收藏的开始。""我每每看到画小女孩的画，就迈不动腿。"

王帅对所有收藏的画都有着他自己奇怪却让人信服的理由，且多作考证，他的藏画，见证着他的率性、成长、挥洒、体悟、境界，还有，对女儿的长长祝福。

对于他的简介，我曾经擅自加了"收藏家"三字。他说，改为"收藏者"吧，我说，这由我们来定，由不得你的。

他当然是收藏家。

说实话，王帅那些周昌谷、程十发、吴湖帆、陆俨少的藏画，并不让我眼红，因为其中很多的是他的（女儿）很好与多好的，比如程十发是很好要买的。他的一页张大千，只是偶然买黄宾虹册页时顺便得之。记得之前与他聊起张大千时，言语间似乎贬过一二句，他说："张大千我一张也没买！"此语与买黄而偶得一页大千简直就是真正的艺术评论（不过偶得之大千折枝倒真是难得的古艳精品）。

所以，这哪是什么不靠谱画论，而是真正从个人心性而来的性情画论。

真正的阅读与收藏，其实都是在寻找与验证另一个自己，所谓"六经注我"。他的藏画，真正让我眼红的是他的石涛与宾翁，当然，还有我们共同喜爱的俞平伯、陈梦家等。似乎五六年前到芸廷观画（当时还不知道芸廷二字源自我所喜爱的芸斋），对着他那么多的宾翁画作几乎挪不动腿。没他那么多银子，奈何，好在古人留下一句"过眼即藏"，也就释然了，后来见他终于写到宾翁《给您打了十年工——读宾虹先生画作》，自称十年来赚的钱大部分花在黄宾虹身上，引用了他与他堂哥的对话后说："我内心郁闷的时候，也时不时拿出黄宾虹先生浑厚华滋的画来看一番，往往是推开窗户，看天上安静的星斗以及远处的群山，感受松风和自己同频的呼吸。如果远处没有群山，你就往远处更远处看就好了。一个人的画引起一个人这么多的思考，我觉得就是超过一张画的笔墨了。这十年工，算是赚了。"

三言两语，胜过论文万言，读画能读成这样，确实是太值了。

记得当时对他说："什么时候能借一幅你的宾翁读读临写？"

他秒回一个字，再加个感叹号："好！"

——然而后来竟然忘了再提此事，不知王帅还记得否？

2024 年处暑后于三柳书屋

189

一日长于百年

《一日长于百年》是吉尔吉斯斯坦作家艾特玛托夫的小说名字，也翻译成《风雪小站》。

他的其他作品有《白轮船》《我的可爱的小白杨》等。我对广义的俄罗斯作家有特别的喜欢。帕斯捷尔纳克的文章里也出现过"一日长于百年"，那一句是"拥抱无休无止，一日长于百年"。

那一年大家都艰难，我脑子里就会经常浮现出"一日长于百年"这句话。那一年我问陈亚岗，我能做点什么。他说："你在医院放一架钢琴吧，每个人都可以弹奏，我们需要音乐。"

那一年他带浙江医疗队奔赴武汉前线，那一年所有的医护人员，在我眼里都是英雄。

那些年每一届天猫双十一晚会，落幕都是用一首诗歌结束的。那一年我在写这个短诗的时候，就想起了这句话。我想表达自己的敬意，我想表达一切都会过去，我想表达逆境中的坚强和每个人永不消失的勇气和美丽。我想我自己首先要乐观。

那一年我写的文案是：

我爱疫情下措手不及的你
像月光深深爱着海洋

我爱疫情下不放弃的你
阳光里都是迷迭香

我爱疫情下微笑的你
手拉手走在夜未央

我爱疫情下认真的你
一天很短一生很长

这首诗出现在屏幕不久，我就接到马云的电话。

"这首诗是你写的吧？"

"是的。"

"你写得好，但是如果把最后一句改成一生很短，一日很长，就会更好。"

我说："是，但我希望不要这么写，大家或许不会理解，大家已经够难了。"

我俩沉默片刻，彼此互道晚安。

2024 年 8 月 9 日中午，我回到烟台，筹备我妈妈的剪纸展。我给我爸爸打电话，告诉他我下午回家。他问我几点回家，我说："说不准，我要在市里吃午饭，反正下午回家，你让我姐回家做晚饭吧。"

放下电话，我竟然有些不安，就让司机开车回家。快到家的路上，接到村里的电话，说："你快回来，你爸爸摔倒了。"连闯几个红灯之后，我连滚带爬地滚下车，抱住了我昏迷不醒的爸爸。

8 月 20 日，我和邱兵在微信交流"天使望故乡"的一些事宜。我突然跟他说我现在什么也做不了：

> 我在这段时间蛮凄惶的。一直住在学校，早晚去看我爸。去给妈妈上坟路上就在想，一线之间，这个家就不用回了……这次吓着我了，脑子还没恢复思考能力，现在只能处理简单的文档整理。

8 月 28 日，我妈妈的剪纸展顺利进行了，我想我已经尽我的水平，把这个展办得朴素好看了。宣布开展的时候，飞来很多蝴蝶，翩翩追逐，久久不去。我想她应该是来看过这个展览。而我的爸爸也日渐康复，每天询问我何时出院，什么时候能来看展览。

他拉着我的手跟我说："家里还有一些好酒，在院子里的那个小棚子里藏着，你办展的朋友来了拿出来喝，我戒酒了。"

我说："这倒不必要，每天喝一小杯。"

他说："我每天喝一钱。"

我说："一钱酒你知道是什么概念，就是你倒出来一钱酒，举到嘴边，刚要喝的时候，酒已经蒸发完了。"

我知道这次意外有多凶险。医生对我说，颅骨骨折，颅底骨折，地面稍微有点不平，就很危险了。是的，十年前，我爸拿出自己的钱，给村里修了一条路，他的要求就是，水泥要铺得厚厚的，地面要平平整整。

是的，一切都好起来了。就在昨天，邱兵小心翼翼地问我爸爸的身体怎么样了。

我说，好了！

今天早晨，是 8 月 30 日，是我阳历五十周岁的生日。农历七月十四的生日，我和我爸爸错过了。

今天早晨，我这些天第一次写文章。我的电脑这些天都没关机，我发现在一页打开的文档上，不知道哪一天，写了这么一句话："好风知我意，送我上西天。"

我随手敲下这句话的时候，精神恍惚极了，我期待这个时候有人跟我交流。

我恍惚到把"好风知我意，送我上青云"和"南风知我意，吹梦到西洲"这些古诗，混杂成混乱而不自觉的状态了。

我记得很多年前，我同样写过一首《一日长于百年》的诗歌：

鱼在水底蜘蛛挂在网上

这个安静的晚上

我梦见我的奶奶

193

她一直站着

询问我的生活

这个苦难深重的老人

告诉我苦难应该结束

还有什么需要坦白

我又一次移开目光

做那个小小的孩子

赖皮的笑

四肢摊开趴在床上

顺着星光的长索

很多人陆续来到

在老屋里飘来飘去

巡视自己的领地

声音模糊目光哀伤

谁注意了紫红的挂钟

钟摆沉默一晚

在时间的河流上

她是渡船

与波浪同步所以永生

很快就热闹起来

办喜事人人欢笑

打酒买肉宴席开张

我出门张罗

一步竟跨到另外的村庄

在街上迷路异常紧张

就这样开始转悠

转来转去东西张望

担心宴席开张

担心宴席收场

担心黄昏的村庄带走死亡的反光

找到路是在床上

眼角干干满嘴苦涩

记得人来人往

记得上坡下坡

记得杂货铺旁的电线杆

一张黄表纸在黄昏歌唱

"天黄黄地黄黄

我家有个夜哭郎

过往君子念一遍
一觉睡到天大亮"

是的，一切都好起来了。此刻，校园里的喜鹊就在我窗外清脆地鸣叫，而我也第一次一觉睡到天亮。

那么，来吧，让我们拥抱吧，无休无止，紧紧地，让人窒息般紧紧地拥抱！来吧，让我们相爱吧，热烈明快，欢乐奔放，大风吹乱了我们的头发，而太阳永不落山。

莫问世深浅，但愿人久长。

2024 年 8 月 30 日 7 点 13 分

《赵忠秋剪纸》书后谈

2024 年 8 月 28 日，赵忠秋剪纸暨芸廷收藏近现代书画展在鲁东大学博物馆开幕。

这次展览我通过当地媒体表达过我对美及故乡的一些看法。感谢他们做了详尽的报道，我觉得有些观点可以和大家分享，我整理附录如下：

问：赵忠秋是您的母亲，我看到《赵忠秋剪纸》这本书的封面剪纸是一个象征秋天的花瓶，这是你表达对母亲思念的一种方式，您《慈母手中线》一文提到"干干净净、安安静静"是您对母亲的记忆，您关于母亲以及母亲剪纸的记忆还有哪些？

王帅：今年我五十岁，而我妈妈去世已经四十年了，我对妈妈不可能有太多具体的回忆。如果有，那最重要的就是小时候妈妈帮我形成的规矩。规矩就是该做什么不该做什么，这是每个母亲给你的最直接、最宝贵的东西。最直接的体现就是做了坏事挨打的记忆了。如果没有了这份规矩，等你自己悟到有所为有所不为的时候，其实可能无法逆转了。

此次来烟台展出的剪纸，都是几年前我姐给我的，夹在一本书里，每张剪纸都很好看，我感觉所有美的东西都是艺术的东西。我就有一个想法，是不是可以做一个剪纸展览？既然做展览，我就想美的标准是什么？

我相信我们烟台有太多心灵手巧的人，可以剪这样的剪纸，但我依然认为她很美。无论名画也好，一个小小的窗花也好，美美与共，各美其美。一首诗写到"苔花如米小，也学牡丹开"，一个"学"字就俗了，应该像陈梦家写的那样："一朵野花在荒原里开了又落了，他看见春天，看不见自己的渺小……"

我小时候的晚上，喜欢躺在炕上看墙上我妈妈的剪纸，很漂亮，可惜那些没留下来。

问：在《赵忠秋剪纸》这本书里，每一页里不同的剪纸作品，您都用了同一句话："这是谁剪的啊，这么好看；是我妈妈剪的，确实好看。"这句话重复了四十五次，出于什么考虑？

王帅：这就是脱口而出的一句话。有人看到剪纸，就会问这句话，我也这样回答，不断问不断回答。因为剪纸数量只有四十五组，所以这句问答只能印四十五遍，如果能有五百组剪纸，我会照样回答五百遍，这是很真实的一句话，真实的往往是本能的。能有这些剪纸留下来，我已经非常满足了。

问：您和邱兵创办微信公众号"天使望故乡"，您写了一篇《有一个人在他乡，但是从来没有回来》，引发游子共鸣。在您心中，故乡是什么样的存在？文章里提到"总想着有一天战士战斗沙场，浪子回到故乡"，如今回到故乡，您认为自己是浪子还是战士？

王帅：回到家乡就是回到父母身边。一个人要承认自己的"软弱"。一个人没有那么坚强，要有疗伤之所，让你安心的地方。乡愁不是一个人坚强的表现，相反是一个人"软弱"的承载之所，是一个人内心的需求，这种需求就是安全感。这种"软弱"在故乡不被人歧视，不认为是缺点，你在其他地方不会有这种自然自在的情绪。

有的人把故乡放在心里，有人把故乡放在背上。"近乡情更怯，不敢问来人"，就有点重了，我觉得故乡实际上是内心的一种自我需要。

问：本次大展是赵忠秋剪纸与芸廷收藏的诸多名家真迹一起展出，布展如何有机融合在一起？母亲剪纸、大师艺术、乡愁情怀，三者之间如何理解？

王帅：美没有高下贵贱之分，美是人的情绪自然表露，剪纸和名家画作不是对立关系，而是平等关系。如果美有高下，那对美的判断的标准或者价值取向就有问题。大师作品当然美，大自然不是更美吗？你内心的品德难道不也是一种美的表现形式吗？我就是说美是平等的。

我补充一句，我这个展览的主题叫作"春风最随美人意"，这是我写的一首诗，后面还有一句"为她开了百种花"。剪纸是窗花，也是花。我妈妈剪纸不是拿样子照着剪，她是拿着纸要什么样子就直接剪出来。

关于书画展，我在浙江大学跟薛龙春教授有一堂课叫作实物教学，现在美术专业的研究生、博士都难有机会接触到书画真迹，当你看到原物，那种气息、书写的材质、上手的感觉都是看复制品无法得到的。

我也知道，那些珍贵艺术品，每打开一次对书画本身都是一种伤害。但我愿意，把这些东西每学期拿出来给学生们看，这些作品既滋养了我，又帮助了年轻人，同时让更多人看到不同的美。如果我放在家里不整理、不出版、不展览，那么我收藏的目的在哪里？有些人收藏秘不示人，我是为了分享。

我最想感谢大家的就是，通过大家的报道，让更多人知道。这个展在鲁东大学博物馆展览一个月，大家都可以近距离感受一下，让更多人知道有这样一个展，这个展还不错，你们有空来看看，也许对你有帮助。

我们都知道做人做事要低调，但是针对这件事情，我们应该高调得大大方方。

问： 刚才聊了剪纸、书画，聊了文学，其实建筑也是一门艺术，您在鲁东大学捐了两栋楼，一栋楼是以您妈妈的名字命名的，另一栋叫子勤楼，有什么样的寓意及设计理念？

王帅： 这和我自己的想法有关，我觉得过去做的事情记不住了，那过去时间其实就是不存在。没有记忆的时间不是真正的时间。我相信，过很多年鲁东大学还有忠秋楼在，还有人在这里研究、学习，还有人记住我妈妈的名字，这样对我来说记忆就永远存在，这是我对我妈妈的纪念。子勤楼建设原因很简单，我妈妈的楼放在这里很孤单，那我就建一个小的附楼陪她，所以叫作子勤楼，我要勤快、勤劳一些。

我认为，人生的意义就是让孩子幸福，让父母骄傲。今年中元节，我去上坟了，我把为妈妈出版的剪纸书带给她了，然后和她说了很多悄悄话。

问：我看近期您写东西署名变成鲁东大学教师，教师的身份给您带来哪些变化？

王帅：我觉得大学最简单的关系就是师生关系，企业也一样，员工桃李满天下，老板才是好老板，老板一定要培养出比自己还强的员工，企业才可以长久发展。我这个人爱好比较多，收藏、摄影、写作，还要做公司，还要做各种公益，每天一起床一堆事要做，很多很有价值的东西不是在你很闲的时候做出来的，是很忙的时候熬出来的，只有抽时间、挤时间做的事情往往才是最重要的，闲得没事干，那干出来的活是不会好的。

我喜欢有头有尾，还强调过程，我每天给自己加活，每天都在进步，每进步一点就得加点活。我的学生也很优秀，我今年还会带两个，我想到六十岁退休，今年才五十岁，还很年轻，只是长得有点老，我觉得自己还有很多事要做。

问：前几天，在"一食谈"看您写了一篇《白菜》，画面感很强，您是不是对烟火气情有独钟？另外，在当年你挑三十桶水浇白菜的时候，你觉得白菜是艺术品还是生活重担？

王帅：写《白菜》是有目的性的，现在很多理论文章太像理论文章了，普通人读不懂，一篇文章后面有六七十个引文，看引文更不懂了。我今年会出一本书（即本书），我要用大白话去解读，挑战一下他们的文风和表达方式，到时，写得好，你们鼓掌，写得不好，我自己给自己点赞。

孙犁先生说过，唯一处在苦难当中而不感觉到愁苦的时代是你的儿童时代。小时候很穷，但小孩依然很快乐，所以我觉得我现在还没有长大，该挑水就挑水，不挑水冬天就吃咸菜，没有白菜吃了。

人这一生很奇怪，是孩子的时候不会想那么多。孩子只有一个身份标签：孩子。上小学了身份变成两个，等你到我这个年龄，身上就会有很多标签，这些标签有的是结果，也有的是被别人贴上去的。我现在要做的事情是，希望我身上的标签越来越少，前五十年如果我的标签要写一张 A4 纸，后五十年我想一个标签两个字就够了：小孩。

再另外，这次展览，我的一些师友针对此写过一些文章。我的堂哥王崇和也写了一篇。他大我九岁，我妈妈去世的时候他已经是青年了，记的事情比我多。我把这篇文章也一并附上。

【赵忠秋女士 作】

听见妈妈的声音

王崇和 |

九婶去世的时候，王帅刚满十岁。四十年后的今天，已经五十岁的王帅为九婶举办了一场剪纸展览。作为他的堂哥，我可能比别人更清楚这次展览在王帅心中的分量和意义。

对于王帅来说，这与其说是一场展览，不如说是一次跨越时空的母子对话。王帅是想通过这种方式，把四十年来藏在心里的话对母亲说出来，他希望这样的对话能让更多人听到，从而让更多的人知道母爱的珍贵，以及儿子思念母亲的那份刻骨铭心。

九婶是一个普通的农村妇女，但心灵手巧，在我的记忆里，她个子很高，文静、沉稳、话不多。她喜欢干净，尽管日子过得艰难，但家里总是收拾得干净利索，孩子们出门，也总是打扮得整整齐齐。

九婶平日总是坐在窗前绣花，我们一进门，总能看到她抬头笑脸相迎。她做的剪纸是农家过年或婚嫁时用来贴窗花的，亲戚和邻居家有需要的，她就帮忙做一些，在当时，很常见，并没有多么贵重。这么普通的东西能一直保存到现在，是十分不容易的，剪纸虽然普通，但这份对母亲的深情弥足珍贵。

王帅这些年喜欢上了收藏，陆陆续续收集了不少名家的作品，在这次展览中也展出了一部分，但王帅把九婶的剪纸放在最前面，就足以说明这些剪纸在王帅心中的价值。

一幅作品的价值往往不在作品本身，而在于其中所承载的记忆和情感，像这样的父母遗物，可能很多人家里也会有。看过九婶的剪纸，回到家里，把父母留下的东西翻出来看一看，睹物思人，重新感受一下父母的温度，就是一次很好的心灵洗礼。

九婶去世的时候，我是在现场的，那也是我第一次目睹亲人的离去。已经处于弥留之际的九婶突然不知哪来的力气，忽地一下从病床上坐了起来，目光炯炯地盯着王帅，清清楚楚地大声对我们说"你们要照顾好他"，这是九婶留在人世的最后一句话。

母爱真的有一种超越生死的力量。至今想起这一幕，我仍忍不住热泪翻涌，仅凭这一点，九婶就足以称得上是一位伟大的母亲。

九婶虽然离开了，但以她对孩子的那份爱，她一定不会走远，四十年来她一定还在注视着自己的孩子们，并默默护佑着他们。

这一幕，王帅当然会记得更清楚，这样的记忆对他来说是残酷的，而且这样的痛苦无法对人诉说。这样的感受我也是在父母去世后才真正体会到的。像我这样的年纪，母亲去世后尚会感到迷茫，甚至一度觉得人生没有了意义和方向，何况对于一个十岁的孩子，母亲的离去意味着生活再也没有了依赖。受了表扬谁来高兴？闯下祸事谁来承当？衣服破了谁来补？肚子饿了向谁说？这一切他只能默默藏在心里，一个人望着天空向母亲诉说。

少年时候的王帅脆弱又敏感，有时候在一起吃饭喝酒，他常常会无缘无故地流泪，这时候，他就是想起母亲了。

后来，王帅不再哭了，但关于九婶的话题，对我们始终是一个禁忌，没有母亲的孩子，小时候是无枝可依，长大后是不知归处。古人讲子欲养而亲不在，一想到自己所有的努力和奋斗母亲都再也看不到的时候，那种感受是更加令人痛彻心扉的。

这份痛伴随王帅走过了四十年，折磨着他，也成就着他。踏入社会后，王帅东漂西走，一路拼杀，吃了很多别人吃不了的苦，受过很多别人受不了的罪，有过许多不堪回首的记忆，至今事业有成，在社会上有了一定的名声和地位。

对此，不管别人怎么说，我始终认为，他最大的动力是来自对母爱的渴望，母亲离世前的那一幕深深烙在他的脑海里，他要用自己的努力告诉母亲自己活得很好。

这些年他为家里也做了很多，对两个姐姐，更是情深意切，他所做的这一切都是为了让母亲放心，只有母亲放心了，他自己才会安心。

一个人对于母亲的记忆，往往带有许多想象的成分。天下没有完美的女性，却有完美的母亲。母亲的这份完美，很多就来自于子女的想象和渴望。母亲总是希望孩子好，恨不能把天底下最美好的东西都送给自己的孩子，她希望自己的孩子是天底下最好的孩子，其实孩子对父母又何尝不是如此呢？孩子们也希望把天底下最好的东西送给母亲，孩子们也希望自己的母亲是天底下最好的母亲。从这个意义上说，母亲在塑造着孩子，孩子也在重塑着母亲。我们平常喜欢讲母慈子贤，但好的母亲不一定会有好的孩子，而好的孩子一定会有一个好的母亲，一个好的孩子，一定会把世界上最美好的品质和心灵奉献给自己的母亲。

所谓母以子贵，并不是要让母亲拥有多么尊崇的地位和享受，而是在让自己美好起来的同时，让自己的母亲更加美好。这样的母亲，才最真实，因为这就是孩子心中的母亲。

王帅对于母亲的记忆是有许多缺失的，一个十岁的孩子能记住的事情又会有多少呢？这四十年来，王帅一直在凭有限的记忆在心底重新描摹着自己的母亲。他喜欢读书，他习惯把书中那些美好的女性和母亲联系起来，他觉得自己的母亲就应该是这样的。

四十年的时间，足以消磨掉一切，也足以把那些无法消磨的，打磨得鲜美、光亮。随着个人的成熟和对世界理解的不断加深，母亲的形象也一点点在他心中完美起来。王帅是用四十年的时间在心中重塑了自己的母亲，他的母亲是完美的，是天底下最好的母亲。

这次展览，王帅让我们看到的就是他心中那个最美的母亲。看到这样的母亲，我们每个人也许都会发现，自己内心深处也有这样的一个母亲。

去年清明节的时候，王帅写了一组献给母亲的诗，诗中多有这样的句子："妈妈，我想靠你坐下""妈妈，我想和你谈谈"……

小时候的王帅活泼、调皮、可爱，喜欢不停东问西问，读他的这组诗，我眼前仿佛又浮现出这样的画面，一个牵着母亲手的小男孩，在乡间土路上蹦蹦跳跳，一路上问题不断："妈妈，我们这是要去哪儿？""妈妈，这朵花为什么这么好看？""妈妈，你累不累……"

　　在这一刻，我们每个人仿佛都能听到自己母亲的声音从空中飘来。

春风最随美人意

CHUNFENG ZUISUI MEIRENYI

图书在版编目 (CIP) 数据

春风最随美人意 / 王帅著 . -- 桂林 : 广西师范大
学出版社 , 2025. 1（2025.2 重印）. -- ISBN 978-7-
5598-7828-1

Ⅰ . I267.1

中国国家版本馆 CIP 数据核字第 20242SN299 号

封面题字 : 白谦慎

出 品 人 : 杨晓燕
责任编辑 : 吴赛赛
助理编辑 : 张丹妮
装帧设计 : 尚燕平
内文制作 : 张　佳

广西师范大学出版社出版发行

广西桂林市五里店路 9 号　邮政编码 : 541004
网址 : http://www.bbtpress.com

出 版 人 : 黄轩庄

全国新华书店经销

发行热线 : 010-64284815

北京盛通印刷股份有限公司印刷

北京市经济技术开发区经海三路 18 号　邮政编码 : 100023

开本 : 880mm×1230mm　1/32

印张 : 7　字数 : 145 千

2025 年 1 月第 1 版　2025 年 2 月第 2 次印刷

定价 : 78.00 元

如发现印装质量问题，影响阅读，请与出版社发行部门联系调换。